Zwischen Himmel und Hölle

oder

Ich gehe dir nach

© 2007 - Karin Schiewe, Königsfeld

Umschlaggestaltung: cmatto-art, Großalmerode
Umschlagbild: Jannis Vollprecht, Königsfeld

Herstellung und Verlag: Books on Demand GmbH, Norderstedt
Printed in Germany
Dieses Buch wurde im On-Demand-Verfahren hergestellt
ISBN: 978-3-8370-1473-0

Setze mich wie ein Siegel auf dein Herz und wie ein Siegel auf deinen Arm. Denn Liebe ist stark wie der Tod, und ihr Eifer ist fest wie die Hölle. Ihre Glut ist feurig und eine Flamme des Herrn.

Hoheslied 8,6

Wiedersehen in Prag

Schon eine Stunde vor Ankunft des Zuges stand sie vor dem Prager Hauptbahnhof. Auf welchem Bahnsteig kam er an? Langsam betrat sie die Vorhalle, stieg Treppen hinauf und hinunter, zum Bahnsteig 14. Am besten wartete sie in der Nähe der Treppe auf ihn. Zu dumm, dass sie keinen Treffpunkt vereinbart hatten. Sie lief zurück in die Halle. Keine Bänke weit und breit. Die Menschen sollten sich hier nicht lange aufhalten.

Auf der Toilette für *zeny* kämmte sie sich und zog die Lippen nach. Ob er sie wohl erkannte? In den letzten Jahren war sie durch die ewigen Streitereien mit ihrem Mann nicht schöner geworden. Sie sah auf die Uhr und ging wieder zum Bahnsteig 14.

Ihr Herz fing an zu klopfen. Wie früher, als sie ihn vom Leipziger Hauptbahnhof abgeholt hatte. Der Bahnsteig füllte sich. Wie sollte sie ihn hier finden? Und beinahe hätte sie ihn tatsächlich verpasst. Unter den Reisenden war er nicht zu finden. Sie rannte hinunter in die Abfertigungshalle - kein Martin. Wieder hoch zum Bahnsteig: Dort stand er einsam mit einem altmodischen Köfferchen in der Hand. »Martin«, rief sie, »Martin!«

Ein alter Mann drehte sich um; dann hellte sich sein Gesicht auf, als er sie erkannte. Er lief auf sie zu und sagte: »Endlich!«

Unwillkürlich wollte Eva ihm den Koffer abnehmen. Das ließ er nicht zu, trat drei Schritte zurück: »Lass dich ansehen ... dich hätte ich nicht wieder erkannt.«

Das gab ihr einen Stich. Sie wollte immer von ihm erkannt werden. Doch sobald er sie an sich drückte, war die Vertrautheit wieder da.

Bis zum Hotel Flora waren es mit dem Taxi nur fünf Minuten. Niemand nahm Anstoß daran, dass sie mit ihm in den ersten Stock hinaufging. Kaum war der Koffer im Vorzimmer abgestellt, die Mäntel aufs Bett geworfen, nahm er sie in seine Arme und wiegte sie hin und her: »Ich habe mich so sehr nach dir gesehnt.«

Eva hatte unterwegs belegte Brötchen gekauft. Jetzt holte sie ein Bier aus dem Kühlschrank und setzte sich ihm gegenüber an das Tischchen. Lächelnd beobachtete sie, wie er hungrig das kleine Mahl verzehrte.

Müde sah er aus. Er war fast zwölf Stunden unterwegs gewesen. Als sie sich im Bad auszog, hatte sie beinahe ein schlechtes Gewissen. Und tatsächlich musste er getröstet werden, weil er zu müde war. Später wachten sie zusammen auf. Wie lange hatten sie geschlafen? Martin rieb sein Gesicht an ihrer nackten Schulter. Sie drehte sich um und öffnete die Arme. »Du riechst immer noch so gut.«

Wieder jung und verliebt schlenderten sie die lebhafte Nationalstraße hinunter. Auch als es eng wurde, ließ er ihre Hand nicht los. Sie waren so vertraut, als hätten sie sich gestern das letzte Mal gesehen. Martin wurde unternehmungslustig und stieg mit ihr in ein überfülltes Kellerlokal hinab. Auf den Tischen brannten tropfende Kerzen in dunkelgrünen Weinflaschen. Sie fanden noch einen Platz und bestellten mährischen Wein.

»Wie geht es deinen Jungen?«, fragte Martin. Sie hatte ihm von ihren beiden Söhnen geschrieben. »Benjamin lebt bei seinem Vater. Er findet sich nicht mit der Scheidung ab.« Martin seufzte. Auch er sorgte sich, wie seine Töchter wohl eine Scheidung aufnehmen würden. »Warum seid ihr 1975 in den Westen gegangen?«, wollte sie wissen. »Meine Frau meinte, sie halte es in der DDR nicht mehr aus. Und wenn ich nicht bereit sei überzusiedeln, würde sie mit den Kindern alleine gehen.« »Da hast du nachgegeben.«

»Ja, ich wollte die Kinder nicht verlieren. Glaube mir, das war die schwerste Entscheidung meines Lebens.« »Ich glaube dir.«

»Und was macht dein Ältester?«, fragte Martin. »Jens ist bei den Bausoldaten; es geht ihm nicht gut.« »Was sagst du?«

Es herrschte ein solcher Krach, dass Martin nichts verstand. Die Menschen um sie herum machten Eva Angst. Als würden sie sie bedrohen. »Martin, lass uns gehen.«

Er legte das Geld auf den Tisch und sie verließen das Lokal.

»Evchen, wovor hast du denn Angst? Ich bin doch bei dir!« Nur bei ihm wollte sie sein, nur bei ihm konnte sie Ruhe finden. Beide wussten, dass der Weg dahin noch steinig war.

Auf der Flucht

Im Februar 1945 war Martin 15 Jahre alt geworden. Die Flucht aus dem ehemaligen Westpreußen mit der Mutter und den vier jüngeren Geschwistern machte aus ihm einen Erwachsenen.

Seine Eltern waren Pfarrersleute der Herrnhuter Brüdergemeine in Groß-Reichenau (Richnau) gewesen, heute Wielkie Rychnowo in Polen.

Zu Beginn des 20. Jahrhunderts stellte die Preußische Ansiedlungskommission deutschen Siedlern aus dem damals russischen Teil Polens auf der Domäne Richnau Land zur Verfügung. Unter den Siedlern waren vor allem Freunde der Herrnhuter Brüdergemeine. Sie baten die Direktion in Herrnhut, ihnen einen Pfarrer nach Richnau zu schicken.

Zuerst fanden die Gottesdienste und Versammlungen in einem Speicher statt. Doch allmählich wuchs die Gemeinde. Schon 1913 wurde eine Kirche gebaut.

Der Vertrag von Versailles schlug Westpreußen nach dem Ersten Weltkrieg Polen zu. Fast die Hälfte der deutschen Familien verkauften ihr Anwesen oder wurden ausgewiesen. Die zurückgebliebenen suchten Stärkung in der christlichen Gemeinschaft.

1934 wurden Martins Eltern aus Lodz nach Richnau berufen; sie fanden eine rege Gemeinde vor.

Mit 10 Jahren wurde Martin auf die Internatsschule der

Herrnhuter Brüder nach Niesky (Oberlausitz) geschickt. Schon sein Vater hatte diese Schule besucht. Für die Herrnhuter war es nicht ungewöhnlich, ihre Kinder weit weg von den Eltern in eigenen Schulen zu erziehen. Spätestens im schulpflichtigen Alter mussten die Kinder der in Afrika, Mittelamerika oder Asien stationierten Missionare ihre Eltern verlassen: sie sahen sie manchmal erst als Erwachsene wieder.

Als die Schule in Niesky verstaatlicht wurde und sich nicht mehr der faschistischen Ideologie verschließen konnte, nahmen Martins Eltern ihren Sohn von der Schule; von jetzt an besuchte er eine Oberschule in Thorn (heutiges Polen).

Im Januar 1945 kam die russische Front bedrohlich näher. Während Martins Vater bei der Gemeinde blieb, die von den deutschen Behörden noch keine Ausreisegenehmigung bekommen hatte, machte sich die Mutter mit den fünf Kindern und der Diakonisse Marie auf die Flucht. Sie nahmen den Zug, Richtung Berlin. Auf dem Richnauer Bahnhof mussten sie einen Großteil ihres Gepäcks zurücklassen, weil der Zug bereits hoffnungslos überfüllt war.

Als sie aufbrachen, stand im Losungsbuch folgender Vers:

Du nährest uns von Jahr zu Jahr,
bleibst immer fromm und treu,
und stehst uns, wenn wir in Gefahr geraten
treulich bei.
Paul Gerhardt

Das war ein tröstlicher Text. Obwohl der Osten in Auflösung begriffen war, gab Gott ihnen eine Zusage inmitten des Chaos.

Sie fuhren direkt in das Aufmarschgebiet hinein. Über den Frontverlauf gab es keine Informationen, nur Gerüchte. In

Küstrin verließen sie den Zug und machten sich auf den Weg zum Bauernhof von Schwager Fritz, der in der Nähe wohnte. Dort fanden sie zunächst eine Unterkunft.

Am Ankunftstag schlug die Mutter folgende Losung auf:

Fürchte dich nicht,
du wirst nicht sterben.
Richter 6, 23

Über die russische Armee kursierten die schrecklichsten Gerüchte: Den Soldaten in die Hände zu fallen, bedeute den sicheren Tod! Als im unteren Dorf die ersten Russen auftauchten, waren alle überzeugt, ihr letztes Stündlein habe geschlagen. Die Mutter versammelte ihre Kinder um sich und verabschiedete sich von ihnen. Zuvor hatten sie einander ihre Schuld bekannt und vergeben. Im Gebet begaben sie sich in Gottes Hand. Im Angesicht des Grauens spendete die Losung diesmal jedoch keinen Trost.

Am nächsten Morgen kamen die ersten Russen ins Haus. Zuvor hatten alle ihre Pässe verbrannt. Misstrauisch sahen die Soldaten den langen Martin an und die Mutter konnte nicht beweisen, dass er erst vierzehn Jahre alt war. Schließlich plünderten sie die Speisekammer und verschwanden. Vielleicht hatte ihr Hunger Martin gerettet.

Ein anderes Mal steckte die Mutter ihren Ältesten ins Bett und behauptete, er sei krank.

Kein Tag verging ohne Schrecken. Die meisten Überfälle fanden in der Dämmerung statt, wenn die Russen die Höfe noch erkannten, die Bewohner aber im Dunkeln saßen, weil es kein elektrisches Licht gab und mit dem Petroleum gespart werden musste. Manchmal wollten die Soldaten nur etwas gekocht haben, aber ein anderes Mal weigerten sie sich, das Haus wieder zu verlassen. Zum Glück konnte der

Schwager ein bisschen Russisch sprechen und mit ihnen verhandeln.

Eines Tages kamen in der Dämmerung drei Soldaten und schrien »Uhri, Uhri!«. Sie wollten nicht glauben, dass die Uhren schon alle gestohlen waren. Einer packte Fritz. Ein anderer legte das Gewehr an, und sie gingen mit ihm nach draußen. Gleich würde es krachen und Fritz war tot. Die Frauen beteten laut. Da ging die Stubentür auf und Fritz kam unbeschadet herein. Ein Wunder! Nein, eine Gebetserhörung.

Einmal wurden mitten in der Nacht zwanzig Soldaten einquartiert. Sie warfen sich in voller Montur in die Betten und schliefen sofort ein. Die Hausbewohner mussten die Nacht in einem kleinen Stübchen verbringen.

Immer öfter sah man lange Kolonnen von ausgewiesenen Deutschen die Straßen entlangziehen. Fritz setzte seinen Pferdewagen wieder zusammen, den er vor dem Zugriff der Deutschen Wehrmacht gerettet hatte, und schmierte die Räder. Und tatsächlich mussten sie binnen einer halben Stunde den Hof verlassen. Am Torausgang sangen alle:

Jesu geh voran auf der Lebensbahn,
und wir wollen nicht verweilen,
dir getreulich nachzueilen;
führ uns an der Hand
bis ins Vaterland.
N.L.Zinzendorf

Niemand wusste, wohin sie sich wenden sollten. Die Front war überall. An den Straßenrändern lagen kaputte Handwagen, krepierte Pferde und jede Menge Hausrat. Martin erinnerte sich sogar an ein totes Kamel. Als die Straße anstieg, fehlte dem Pferd die Kraft, den Wagen bergan zu ziehen. Alle schoben. Auf der Landstraße trafen sie Ernst

Siewert, einen Freund der Brüdergemeine, der zu seinem Bruder Paul ins Nachbardorf Streitwalde wollte. Sie schlossen sich ihm an. In Streitwalde wurden sie von den Geschwistern (bei den Herrnhutern nennt man sich Bruder und Schwester) aufgenommen, obwohl das Haus bereits mit Flüchtlingen überfüllt war. Drei Wochen lang lebten nun 45 Personen auf engstem Raum zusammen. Gekocht wurde gemeinsam. Nachts kam Stroh in alle Zimmer. Die Menschen lagen wie die Heringe nebeneinander. Am Tage wurde das Stroh wieder in die Säcke gekehrt.

Der erste Tag in Streitwalde war der 18. Februar mit der Losung:

Unser Gott kann uns wohl erretten
aus dem glühenden Ofen.
Daniel 3,17

Am nächsten Tag kehrten Ernst und Lenchen Siewert auf ihren Hof zurück, um nach den Tieren zu sehen. Sie wurden von den Russen bemerkt und vertrieben. Aber die Kühe mussten doch gemolken werden! Erneut schlichen sie sich auf den Hof, molken drei Kühe und banden das Vieh los. Täglich kamen Russen und durchsuchten die Bauernhöfe. Die Töchter wurden im Heu versteckt. Die Jungen schoben Wache und schlugen Alarm, wenn sich ein Russe näherte. Sie begriffen nicht, was den Frauen drohte. Vielleicht spielten sie ein bisschen »Räuber und Gendarm«. Auch Martin hatte nur dunkle Vorstellungen, was vor sich ging. Darüber wurde nicht gesprochen. Am Tage suchten die Russen nach Lebensmitteln, die die Bauern unter Heu und Stroh, unter Rüben und Kartoffeln, in Scheunen und Kellern versteckt hatten. In der Nacht suchten sie Frauen. Dabei hätten sie beinahe die Mädchen erwischt. Es war jedoch

14

ein Strohballen auf sie gefallen, und die Soldaten stiegen über das Stroh.

Dann kam ein Abend, den die Bedrängten nicht vergessen sollten. Sie hatten sich um den Tisch versammelt, und Ernst Siewert las die Begräbnisrede von Pfarrer Lemke vor. Es stürmten drei Russen herein, ließen alle strammstehen und sahen jeden Einzelnen genau an. Martin kam das lächerlich vor, was den einen Russen wütend machte. Er gab Martin eine Ohrfeige und schüttelte ihn. Dann schlug er mit dem Gewehrkolben alle Tassen und Teller auf dem Tisch entzwei. Die zwei jüngsten Kinder fingen an zu schreien, die Soldaten bedrohten alle und Schwager Fritz versuchte auf Russisch zu vermitteln. Der Bauer sollte verraten, wo die Mädchen wären.

»Sie haben Angst bekommen und sich versteckt.«

»Wo Frauen?«

»Nix wissen.«

Der Schwager mischte sich wieder ein und es entstand ein heftiger Wortwechsel. Mit einem Kolbenstoß wurde er zur Ruhe gebracht. Die Kleinen schrien. Die Frauen beteten. Das Chaos war perfekt – aber die Russen verschwanden. Die Bedrängten dankten Gott für die wunderbare Durchhilfe.

Die täglichen Plünderungen hatten die Speisekammer leer gefegt. Sogar das Getreide und der Hafer aus der Scheune wurden mitgenommen. Wovon konnte nun für die vielen Personen Brot gebacken werden?

Täglich donnerten die Geschütze, manchmal aus der Ferne, dann wieder ganz nahe. Und in der Nacht das gleißende Licht der Scheinwerfer, die den Himmel nach feindlichen Flugzeugen absuchten. Gottfried, dem Sohn von Müllers, wurde dieses Leben unerträglich. Er wollte in die Warthe springen. Von den kreischenden Frauen zurückgehalten, riss er sich doch los und sprang in den Kanal. Der erste Tote, und kein Pfarrer weit und breit! An ungezählten Beerdigungen hatte die Mutter teilgenommen. Sie kannte die Beerdigungsliturgie auswendig. Die Männer schachteten unter der Weide eine Grube aus, wickelten den Jungen in ein Bettlaken und übergaben ihn der Erde. Die Kinder standen hilflos daneben. Sie vermissten den sanften Gottfried, der sie nie geärgert hatte.

Das Vieh wurde von den Höfen getrieben. Die Treiber waren die Bauern selber. Sie mussten die eigenen Kühe von ihren Höfen holen und den Russen übergeben. Sogar den dreizehnjährigen Erwin nahmen sie zum Treiben mit. Im nächsten Dorf, als der Zug stoppte, haute er unbemerkt ab. Auch Martin wurde immer öfter mitgenommen. Er war noch nicht konfirmiert. »Ach, wenn er doch wenigstens konfirmiert wäre«, sorgte sich die Mutter, »dann könnte er gestärkt seinem unbekannten Schicksal entgegengehen.«
Eines Abends kamen Polen mit 200 Kühen auf den Hof. Die Familien waren gerade beim Abendbrot. Im Trab mussten die Frauen die Tiere mit Stroh und Heu versorgen. Wenn sie nicht schnell genug waren, bekamen sie eins übergezogen. Indessen quartierten sich zwei polnische Familien auf dem Hof ein. Sie leerten den gedeckten Abendbrottisch.
Martin und die Siewert-Mädchen sollten sich im Nachbarhaus verstecken. Als sie ankamen, wurden sie von Russen empfangen. Den Jungen jagten sie davon. Acht Schüsse bekam er hinterher.
Die Nacht war grauenhaft. Zusammengepfercht in dem kleinen Stübchen lagen die Gedemütigten auf dem Fußboden und konnten nicht schlafen. Schwester Siewert weinte um ihre Töchter. Am Morgen holten die Frauen die besu-

delten Mädchen zurück. Vater Siewert, Schwager Fritz und Bruder Richard waren schon abgeholt worden, und niemand wusste, ob sie je zurückkommen würden. Sie seien nun ohne männlichen Schutz, jammerten die Frauen.

Es war der 6. März. Die Mutter las wie an jedem Morgen die Losung vor:

Es entfalle keinem Menschen das Herz.
1.Sam.17,32

Und den Liedvers:

Zagenden Seelen wird alles zur Last.
Göttliches Leiten, siegendes Streiten
kann ihnen Kummer und Sorge bereiten;
ihnen ist alles Gewagte verhaßt.
Zagenden Seelen wird alles zur Last.
Johann Andreas Rothe

Nach acht Tagen kam Richard Siewert zurück. Er hatte in der Nachbarstadt als Totengräber arbeiten müssen. Von den anderen Männern hörte niemand mehr etwas.

Am 8. März kamen die Geschwister Schulze, eine Pfarrers-familie aus dem Dorf Neudresden, und suchten Zuflucht. Sie waren in einem schrecklichen Zustand. Schwester Schulze im Gesicht verschwollen und blau geschlagen. Ein Russe hatte sie erwischt. Ihre Töchter verstört. Bruder Erich Schulze lief noch gebeugter als gewöhnlich. Er litt an einer Verletzung aus dem Ersten Weltkrieg. Die Mutter bat Bruder Schulze, er möge ihren Sohn konfirmieren. Er war dazu bereit, wollte ihm aber noch ein paar Konfirmandenstunden erteilen. Warum Konfirmandenstunden? Es ging doch um Leben und Tod!

Als die Mutter Martin zum zweiten Unterricht ins Nachbarhaus begleitete, wurde plötzlich am Kanal hinter ihnen geschossen. Eine Kugel zischte an ihrem Ohr vorbei. Sie blieben stehen. Ein Soldat trat ihnen in den Weg. Er packte Martin. Sie durfte nur noch eine Decke für ihn holen. Alles Leid der Welt lag jetzt auf ihren Schultern, da ihr der Älteste, ihre einzige Stütze, geraubt worden war.

Bruder Schulze hielt Fürbitte. Acht Tage und Nächte weinte und betete die Mutter. Dann kam Martin ausgehungert und dreckig zurück. Er hatte sich einem Gleichaltrigen angeschlossen, der sich in der Gegend auskannte. Beide waren bei passender Gelegenheit ausgerissen und hatten zurückgefunden. Die Mutter dankte dem Himmel. Die Losung am Vortag hatte geheißen:

Bei Gott sind alle Dinge möglich
Matth.19,26

Nun durfte die Konfirmation nicht mehr verzögert werden. Am 19. März feierten sie ungestört Martins Einsegnung. Bruder Schulze hatte ihm folgenden Bibelspruch ausgesucht:

Fürchte dich nicht, ich bin mit dir,
weiche nicht, denn ich bin dein Gott.
Ich stärke dich, ich helfe dir auch,
ich erhalte dich durch die rechte Hand meiner Gerechtigkeit
Jes. 41,10

Endlich war die Mutter beruhigt. Gottes Hände beschützten ihren Sohn. Jetzt konnte nichts mehr passieren, was nicht schon geschehen war. Nur den Vater vermissten alle. War er noch mit der Gemeinde aus Richnau und aus Westpreußen herausgekommen? Oder hatten die Russen ihn nach Sibirien verschleppt? War er überhaupt noch am Leben? Sie konnten damals nicht ahnen, dass er bereits in der Brüdergemeine Gnadau bei Magdeburg als Gemeindepfarrer seinen Dienst tat.

Der nächste Tag holte alle in die schreckliche Wirklichkeit zurück. Die Töchter von Siewerts wurden abgeholt und bis in die Lager am Weißen Meer verschleppt. Erst Weihnachten 1946 kehrten sie krank und elend zurück.

Im April, als es an der Zeit war, die Felder zu bestellen, wurden die Deutschen in Arbeitskolonnen auf die Felder geschickt. Ihre Nahrung bestand aus Kartoffeln, Rüben und Sauerampfer, den die Kinder in den Wassergräben suchten. Jetzt starben viele alte Leute. Sie hatten nicht mehr die Kraft, einem unbekannten Schicksal entgegenzugehen.

Zu Palmarum, dem Einzug Christi in Jerusalem, sang die kleine Gemeinde wie eh und je den Wechselgesang des Hosianna:

Hosianna, gelobet sei, der da kommt!
Hosianna, gelobet sei, der da kommt im Namen des Herrn!
Hosianna in der Höhe!

Inbrünstig wurde die Karwoche mit ihren Versammlungen und Lesungen der Geschichte der letzten Tage Jesu Christi und den Zeugnissen vom Auferstandenen gefeiert. Auch Nachbarn und Leute aus der Umgebung nahmen daran teil. Die Russen ließen sie gewähren. Einmal setze sich sogar einer von ihnen zu den Versammelten und es schien, als hörte er andächtig zu. Für die Kinder wurden am Ostersonntag Schalenkartoffeln in buntes Papier gewickelt und versteckt. Aus Rübenschnitzeln buken die Mütter Plätzchen.

Die Front hatte sich Richtung Berlin verzogen. Nun wurde es ruhiger. Die Geschwister Schulze kehrten in ihre Gemeinde nach Neudresden zurück. Berliner, die ihre Kinder vor den Bombenangriffen in den Osten zu Verwandten gebracht hatten und sie jetzt zurückholten, verbreiteten das Gerücht, Amerikaner und Russen würden gegeneinander kämpfen.

Auf der Landstraße begegneten sich hoch beladene Wagenkolonnen mit Polen, die Richtung Osten zogen, und deutsche Flüchtlinge mit kläglichem Gepäck in Kinderwagen oder Handwagen, die über die Oder dem Westen zustrebten.

Was sollte die Mutter tun? Erst einmal alleine losfahren und die Verwandten in der Berliner Gegend suchen? Konnte sie die Kinder in diesen unruhigen Zeiten bei Schwester Marie lassen? Würde der Vater ihr Vorwürfe machen, wenn sie sich nicht entscheiden konnte zu handeln, wie damals, als die ersten Russen ins Dorf gekommen waren? Es war damals eisig kalt gewesen, und die Verwandten hatten ihr von der Flucht abgeraten.

Sie nahm ihren Ältesten und ging mit ihm am Kanal entlang nach Neudresden zu Bruder Schulze, um sich Rat zu holen. Die Geschwister waren noch dabei, ihre ausgeplünderte Wohnung aufzuräumen. Sie beschlossen, gemeinsam das Los zu befragen. Eine menschliche Entscheidung konnten sie in diesem Chaos nicht treffen. Die Tageslosung war tröstlich gewesen:

Ehe sie rufen, will ich antworten,
wenn sie noch reden, will ich hören
Jes.65,24

Dürfen wir in diesem Fall das Los fragen? Ja! Sollen wir das Gebiet verlassen? Ja! Sollen wir es bald verlassen? Ja! Sie hatten Gott gefragt, und über das Los wurde ihnen diese klare Antwort gegeben.

Neben der täglichen Fronarbeit auf den Feldern trafen sie heimlich Vorbereitungen zur erneuten Flucht. Die Mutter besorgte sich »Brückenscheine«. Sie suchte den Rest ihrer Habe zusammen. Martin reparierte mit seinem Bruder einen Leiterwagen, den er im Straßengraben gefunden hatte. Auch Reiseproviant wurde gesammelt. Dann vertrat Martin sich den Fuß, und der Jüngste bekam Fieber. War der Teufel im Spiel, der Gottes Antworten hintertreiben wollte? Hulda, die Frau von Schwager Fritz, riet von der Flucht ab. Sie wollte auf dem Hof auf ihren Mann warten. Sie ahnte nicht, dass er auf dem großen Treck nach Sibirien schon gestorben war.

Einige Frauen wollten versuchen, mit dem Zug nach Berlin durchzukommen. Die Mutter hörte davon und schloss sich ihnen an. Zehn Kilometer mussten sie bis zur Bahnstation laufen. Hinter der Warthe-Brücke war eine polnische Zollstation. Die Frauen fingen an zu zittern. Sie hatten Angst, dass man sie nicht durchlassen könnte. Die Mutter hatte nur einen Rucksack. Man ließ sie durch. Den anderen mit dem reichlichen Gepäck wurde die Hälfte abgenommen. Dann erfuhren sie, dass in dieser Nacht kein Zug mehr fahren würde. Erst Montag Nacht fuhr der nächste. Die Frauen wollten auf dem Bahnhof warten. Aber die Mutter beschloss, Schwester Marie und die Kinder nachzuholen, und kehrte um. Die Wartenden hatten sich Schauermärchen von Überfällen und Plünderungen in den Zügen erzählt. Aber die Losung rief ihr zu:

Fürchte dich nicht ...!
Offbg.1,17

Die Familie wunderte sich, dass die Mutter so schnell wieder zurückgekommen war.

Nun brachen sie gemeinsam auf. Auf dem einen Arm trug

die Mutter ihren schlafenden Jüngsten, in der anderen Hand hatte sie einen Koffer.

Endlich fuhr um Mitternacht ein unbeleuchteter Zug auf dem Bahnhof ein. Ein Gespensterzug. Von den noch fahrenden Waggons sprangen dunkle Gestalten auf den Bahnsteig und rissen den Leuten die Koffer aus den Händen. Sie prügelten sich um das Diebesgut. Die Überfallenen jammerten und weinten. Fast lautlos fuhr der Zug ab, als die Räuber aufgesprungen waren.

Die Kinder erholten sich als Erste von dem Schock und drängten die Mutter, zu Fuß Richtung Berlin zu laufen. Nur weg von hier! Warum hatten sie sich nicht schon längst auf den Weg gemacht? Wieder beluden sie das kleine Wägelchen und zogen los, Richtung Küstrin.

Gegen Morgen kamen sie an einem einsamen Haus vorbei. Ein alter Mann riet ihnen, einen Umweg zu machen, über den Wiesenweg, parallel zur Landstraße. Die Polen hätten eine Straßensperre errichtet. Durch die Wiesen kam ihnen laut gestikulierend ein Pole entgegen. Er zerrte an Martins Mantel. Der Junge gab seinen Mantel her. Was sollte er auch machen?

Das nächste Dorf war verlassen. Im zweiten Haus stand noch ein Topf mit Erbsen auf dem Herd und ein Krug mit Ziegenmilch auf dem Tisch. Sie aßen und tranken alles leer und legten sich hin, wo sie gerade waren. Diesmal wurden sie nicht gestört. Es schien Nachmittag zu sein, als sie aufwachten. Mit gefüllten Wasserflaschen zogen sie weiter.

Im nächsten Dorf hingen schon weiß-rote Fahnen aus den Fenstern. Polnische Familien waren eingezogen. Auf der Chaussee bildete sich ein Flüchtlingszug. Nur ganz wenige hatten noch Pferd und Wagen. Es dauerte nicht lange, da wurde auch ihnen das Pferd ausgespannt. Wenn sie noch Kraft hatten, zogen und schoben die Bauern ihren Pferdewagen selbst weiter. Irgendwo gaben sie es dann auf.

Bäume an der Chaussee, mit tiefen Wunden im Stamm, streckten ihre zerfetzten Zweige in die Luft. Immer dichter standen zerstörte Häuser an der Landstraße. Der Flüchtlingszug näherte sich Küstrin. In der Stadt mussten sie ihr Wägelchen über Schutt heben. Kein Stein lag mehr auf dem anderen. Alle Brücken über die Warthe und die Oder waren zerstört und teilweise durch kleine Holzbrücken ersetzt worden. Fuhren von hier überhaupt noch Züge in Richtung Frankfurt? Kaum zu glauben. Doch die Leute behaupteten es. Auf dem Bahnhof durfte niemand übernachten. Sie beschlossen, jenseits der Bahngleise in einem Gärtchen auf einen Zug zu warten. Andere Flüchtlinge hatten schon ein Feuer gemacht. Schwester Marie kochte Kartoffeln für das Abendbrot.

Mitten in der Nacht fuhr ein Zug auf dem Bahnhof ein und hielt eine Zeit lang. Die Mutter wollte sich erkundigen, wohin der Zug fuhr. Aber in der Dunkelheit fand sie den Weg durch die Trümmer nicht und kehrte wieder um. In der Dämmerung wurden sie durch einen Regenschauer aufgeweckt. Die Jungen versteckten sich in einer alten Lokomotive. Die Mutter warf Decken über ihren Jüngsten im Wägelchen und suchte in einer Ruine Schutz. Sie hatten nun keinen Mut mehr, auf einen Zug zu warten, sammelten sich und zogen auf der Landstraße weiter.

Tagsüber wurde es heiß, was die Unterernährten zusätzlich schwächte. Schwester Marie hatte wund gelaufene Füße, und der zehnjährige Günther weinte vor Erschöpfung. Als sie durch ein Dorf kamen, besann sich die Mutter: Hier wohnte doch Familie Schneider, treue Losungsleser. Sie fanden auch das Wohnhaus. Die Nachbarn sagten, Schneiders seien in Berlin und suchten ihre Tochter. Weil sie aber Mitleid mit den Vertriebenen hatten, durften sie in der leeren Wohnung übernachten. Oh Gott, endlich in einem richtigen Bett schlafen und sich auf einem Herd eine Schrotsuppe kochen! Die Körner hatten sie unlängst auf der Straße aufgelesen.

Die Kinder wollten im Bett liegen bleiben und sich nicht waschen. Am nächsten Tag standen sie alle bei einer Volksküche an, aber als sie an der Reihe waren, gab es keine Suppe mehr. Bei einem Bäcker erwischte die Mutter noch ein halbes Brot. Nach drei Tagen Erholung mussten sie weiterziehen. Sie hatten keine Aufenthaltsgenehmigung bekommen.

An der Straßenkreuzung Richtung Frankfurt-Oder machten sie Halt. Hier mussten sie sich entscheiden, ob sie nach Berlin wollten oder in die Lausitz, vielleicht nach Herrnhut oder Niesky. Schwester Marie war zu apathisch, von ihr kam keine Antwort.

»Was meinst du, Martin, wohin sollen wir gehen?«

»In Berlin sollen doch die Amerikaner mit den Russen gekämpft haben, da sieht es aus wie in Küstrin. Wir wollen nach Herrnhut gehen. Vielleicht ist dort der Vati.«

Die Mutter seufzte. Jetzt war schon Juni und sie wussten immer noch nicht, ob der Vater noch lebte. Auf ihrem Weg kamen sie immer wieder an frischen Soldatengräbern vorbei. Manchmal stand ein Name auf dem Kreuz, manchmal keiner. Hier mussten schreckliche Kämpfe stattgefunden haben.

Mittags stach die Sonne auf sie nieder. Ein einzelner Pferdewagen mit einem Russen kam vorbei. Der Mann hielt an, deutete auf die zwei Kleinen und sagte: »Maltschiki«, dann auf Schwester Marie: »Babuschka«, und zeigte schließlich auf den Wagen. Das hieß wohl, dass er sie ein Stück mitnehmen wollte. Die Mutter und die drei Großen waren so erschöpft, dass sie sich nicht einmal Sorgen um Marie und die Kinder machten, als sie davonfuhren.

Aus der Gegenrichtung kam ein Russenlaster mit deutschen Gefangenen langsam vorbeigefahren. Als die Soldaten die Mutter mit ihren Söhnen sahen, warf einer ein belegtes Brot herunter. Die vier setzten sich unter einen Baum am Straßengraben, bissen reihum in die Schnitte und tranken aus der Wasserflasche.

Der Mutter kamen die Tränen. »Himmlischer Vater, du schickst uns immer wieder Durchhilfe.«

In Müllrose trafen sie Schwester Marie und die Kinder auf dem Marktplatz. Sie umarmten einander, als hätten sie sich seit Jahren nicht gesehen.

Im nächsten Bauerndorf verteilte der Bürgermeister die durchziehenden Flüchtlinge zum Mittagessen auf verschiedene Bauernhöfe. Sie staunten: Nach langer Zeit sahen sie wieder Hühner, Gänse und Kühe. Martin und Erwin übergaben ihrer Mutter strahlend zwei Schmalzstullen, die ihnen eine Bäuerin in die Hand gedrückt hatte.

Nun nahmen sie sich vor, jeden Tag fünfzehn Kilometer zu laufen. Auf der Straße begegneten sie einer Frau, die kürzlich durch Niesky gekommen war: »Viele Häuser sind abgebrannt. Die Front ist dort hin und her gegangen. Von Niesky rate ich ab.«

»Was nun?«, fragte die Mutter ihren Ältesten.

»Vielleicht nach Grünewald zu Tante Erika und Onkel Franz.« Erika war die Schwester der Mutter.

»Eine gute Idee. Den Treffpunkt hatte ich mit dem Vati erwogen.«

Sie näherten sich dem Spreewald. Viele Wasserarme machten das Land grün. In einem Wendendorf wurden sie wieder auf die Höfe verteilt. Die Mutter war mit Martin und Reinhard zusammen. Wie zu Friedenszeiten gab es zum

Abendbrot Kartoffeln, Quark und Leinöl. In der Nacht schliefen sie in richtigen Betten. Am anderen Tag stellten sie sich zweimal in der Volksküche an. Die Mutter hatte zwar ein schlechtes Gewissen, aber vielleicht bekamen sie in der nächsten Ortschaft nichts zu essen.

In den Stunden auf der Landstraße hing sie ihren Gedanken nach: Wenn der Vati noch lebte, wie sollte er sie finden? Müssten sie nicht eine Spur hinterlassen?

Sie teilte ihre Bedenken Martin mit, und sie beschlossen, sich in jeder größeren Ortschaft im Pfarramt zu melden und ihren Namen und ihr nächstes Ziel aufschreiben zu lassen.

An vielen Bäumen längs der Chaussee hingen Zettel, auf denen Angehörige einander suchten. Sollten sie auch Zettel schreiben? Aber nein, der Vati würde nur in Pfarrämtern nach ihnen fragen.

Die Straße führte sie nach Cottbus. Auf der Promenade fanden sie eine Bank und aßen kalte Pellkartoffeln mit Quark, eine Gabe aus ihrem letzten Quartier.

»Ja, wer noch so leben kann!« sagte eine Frau mit einem scheelen Blick auf das Essen. Dann sah die Mutter zwei Jungen in Martins Alter. Es konnten Oberschüler sein. Sie fragte, wann denn die Schule wieder beginnen würde. »Im Oktober«, war die Antwort.

Die Mutter wurde ganz aufgeregt: »Martin, da müssen wir dich anmelden!« Sie wollte gleich aufs Schulamt gehen.

»Aber Mutti, wir wollen doch nicht hier bleiben.«

Sie ging auf ein anderes Amt und wollte einen Passierschein für die englische Zone haben. Den bekamen sie nicht. Alle Durchziehenden sollten sich einen Ausweis besorgen. Gerade wurden 600 Sudetendeutsche durchgeschleust. Sie hatten ein großes D auf der Brust und sahen erbärmlich aus.

Dann ging die Mutter mit Martin auf den Bahnhof. Dort standen kaputte Lokomotiven auf den Gleisen und ein besetzter Zug mit Flüchtlingen aus Aussig. Ob wohl ein Zug nach Berlin fahren würde? Viele Russen waren auf dem Bahnhof.

»Mutti, wir wollen hier weg. In drei Tagen sind wir bei Tante Erika in Grünewald.«

Eine Volksküche oder ein Nachtlager hatten sie in Cottbus nicht gefunden. An einer Ruine hing ein schiefes Plakat: »Das ist der totale Krieg!«

Auch im nächsten Dorf wurden sie nicht aufgenommen: erst ab 20 Uhr, hieß es. Unterwegs sahen sie den Zug von Cottbus nach Senftenberg fahren. »Ach, hätten wir nur auf dem Bahnhof gewartet!«, rief die Mutter.

Eine Gruppe Nonnen kreuzte ihren Weg. Sie beteten den Rosenkranz. Der Priester, der sie begleitete, hoffte in Drebkau auf eine Unterkunft. Er kannte den Ort.

»Sogar die Nonnen vertreibt der Antichrist aus ihrem Kloster«, sagte die Mutter zu Schwester Marie und vergaß dabei, wie viele Menschen die Deutschen vertrieben hatten.

Im Bahnhof von Drebkau durften sie Kartoffeln kochen, die sie im Ort gekauft hatten. Mit etwas Grünzeug wurde daraus eine gute Kartoffelsuppe. Sogar ein Friseur war im Ort. Erwin weigerte sich, sich die Haare schneiden zu lassen. »Vielleicht hat er Angst, dass sie ihm wieder eine Glatze schneiden«, dachte die Mutter.

Ein Kohlenauto, das in den Tagebau von Senftenberg fuhr, nahm sie mit. Die Straße führte durch einen Wald. Überall lag Munition zwischen den Bäumen und kleine Feuer schwelten. Als ihnen hoch beladene polnische Autos entgegenkamen, erhöhte der Fahrer das Tempo, damit sie nicht gekapert wurden.

Erst jetzt verstand die Mutter die Tageslosung:

Liegt der Satan gleich zu Felde
mit dem ganzen Höllenschwarm,
sind doch der noch viel mehr,
die da stets sind um uns her

Justus Falckner

Als sie vom Auto stiegen, waren sie schwarz von Kohlenstaub. Umziehen konnten sie sich nicht, weil sie nichts zum Wechseln hatten. So klopften sie sich gegenseitig den Staub von den Sachen, damit sie Tante Erika und die Kusinen nicht allzu sehr erschrecken würden.

Seit Küstrin mieden sie die Städte. Senftenberg verließen sie so schnell wie möglich. Ihr letztes Nachtquartier hieß Buchewalde. Zunächst mussten sie von Hof zu Hof laufen, alles war besetzt, bis eine Frau sie auf ihrem Heuboden schlafen ließ. Am nächsten Morgen kochte sie ihnen eine Mehlsuppe.

Ihr Weg führte wieder durch einen Wald. Andere Frauen schlossen sich ihnen an. Es hieß, plündernde Polen zögen durch die Gegend. Darum beeilten sie sich. Der Kleine im Wägelchen wurde mächtig durchgeschüttelt. Kurz vor Grünewald rasteten sie in der Nähe eines Gutes. Der Mutter wurde das Herz schwer. Sie konnte nicht sagen, warum. Sie wollte die Begegnung mit ihrer Schwester hinauszögern. Doch die Kinder drängten: »Wir wollen bald bei Tante Erika sein!«

In Hohenbocka sagte die Mutter: »Ich will noch zu Pfarrer Hahn gehen und fragen, ob Erika und ihre Familie zu Hause sind.«

Ein Bauer fuhr mit einem Ochsenwagen nach Grünewald. Die Kinder banden ihr Wägelchen an das Fuhrwerk und durften aufsteigen. Kurz vor dem Ziel zerbrach der Wagen. 300 Kilometer hatten sie gemeinsam zurückgelegt.

Die Mutter wurde von Pfarrer Hahn feierlich empfangen. Man bewirtete sie mit Milch und Johannisbeeren. »Sie wollen mich schonen«, dachte sie. Dann teilten die Hahns ihr mit, ein Russe habe die Schwester erschossen, schon im April. Jetzt war es Anfang Juli.

»Wie ist es dazu gekommen?«

»Der Soldat ist betrunken gewesen und hat auf der Straße herumgeballert. Erika lehnte sich aus dem Fenster und bekam eine Kugel in den Kopf.«

»Einfach so?« »Ja, einfach so.«

Die Mutter musste sich setzen. Was wollten sie hier? War es doch falsch gewesen, dass sie nach Grünewald gezogen waren?

Die Losung für den heutigen Tag hieß:

Josua fiel auf sein Angesicht zur Erde und betete an und sprach:
Was saget mein Herr seinem Knecht?

Josua 5,14

Und der Liedvers:

Nun, Jesu, mach mich fertig, gehorsam und gewärtig
und fähig, deinen Willen mit Freude zu erfüllen

N.L.Zinzendorf

Martin holte seine Mutter ab. Er wusste schon Bescheid über den Tod der Tante. Die Mutter konnte kaum ein Bein vors andere setzen. Sie hatte geahnt, dass sie hier eine schlimme Nachricht erhalten würde.

Zuerst gingen sie auf den Friedhof zu Erikas Grab. Schwager Fritz kam ihnen entgegen. »Euer Vati hat euch im Februar hier gesucht. Jetzt haben wir euch nicht mehr erwartet.«

Wieso war ihr Mann schon im Februar aus Westpreußen herausgekommen? Die Mutter konnte keinen klaren Gedanken mehr fassen. »Wären wir doch im Zug von Bromberg über Küstrin sitzen geblieben!«, sagte sie.

Irmtrud, ihre Nichte, brachte das Mittagessen. Jetzt merkten sie erst, dass sie am Vormittag 20 Kilometer gelaufen waren.

Von der Bürgermeisterei bekamen sie eine Aufenthaltsgenehmigung und Brotmarken. Sie gingen Ähren lesen und kochten Rübenblätter anstatt Spinat. Auch hier herrschte großer Mangel. Die Mutter hatte dem Vater einen Brief nach Gnadau geschickt, der jedoch als unzustellbar zurückkam. Gnadau lag noch in der amerikanischen Zone. Erst im Juli wurde es russisch. »Wir müssen dem Vati sagen, dass wir noch leben«, sagte die Mutter zu Martin.

Die beiden machten sich auf den Weg nach Gnadau. Drei Tage dauerte die Reise. Zuerst fuhren sie in einem Kohlenzug nach Dresden. Es gab noch keine befahrbaren Brücken über die Mulde und Saale. Sie mussten laufen.

In Gnadau erfuhren sie, dass der Vater sich Urlaub genommen hatte, um sie zu suchen. Er kam auch nach Grünewald und fand dort seine vier Jungen. Die Wege der Eltern mussten sich zweimal gekreuzt haben, denn als die Mutter nach Grünewald zurückkam, war der Vater schon wieder in Gnadau. Erst Anfang August trafen alle in Gnadau zusammen. Keiner fehlte. Das war immer die größte Sorge der Mutter gewesen, dass sie eines ihrer Kinder oder den Mann verlieren könnte.

»Der Herr hat alles wohlgemacht, er hat uns an den Rand des Abgrundes gestellt, aber er hat uns nicht verlassen und uns herrlich hindurchgeholfen.«

Neuanfang

Zur Freude aller Eltern begann in Gnadau schon im August 1945 der Schulbetrieb. Das ehemalige Lyzeum unter kirchlicher Trägerschaft wurde staatliche Oberschule. Mädchen wie Jungen erhielten von nun an gemeinsamen Unterricht. Der Direktor und fast der gesamte Lehrkörper durften an der Oberschule weiter unterrichten. Sie hatten sich bei den Nazis nicht hervorgetan. Aber es war nur eine Frage der Zeit, dass die Lehrer frei arbeiten konnten. Von den Auseinandersetzungen des Direktors mit den Behörden der Sowjetischen Besatzungszone bekamen die Schüler jedoch kaum etwas mit.

Im Winter litten die Schüler unter der Kälte in den Klassenzimmern. Es gab noch keine neuen Lehrbücher. Sie mussten im Unterricht den gesamten Lehrstoff mitschreiben. Das Anschauungsmaterial für den Naturkundeunterricht stammte aus alten Beständen. Laborversuche in Physik und Chemie konnten nicht gemacht werden. Der Unterricht konzentrierte sich auf die humanistischen Fächer. Der Direktor unterrichtete Deutsch und Geschichte. Das waren auch Martins Lieblingsfächer. In seiner Klasse waren sie nur drei Jungen.

Die Sorge der Menschen nach dem Krieg galt in Gnadau wie überall in Deutschland den täglichen Bedürfnissen.

Diesen Kampf hatte die Mutter zu bestehen. Von Meiers, deren Sohn im Krieg gefallen war, bekam Martin Kleidung geschenkt. Andere Familien gaben ihnen abgelegte Kindersachen für die Kleinen. Der Amtsvorgänger vererbte ihnen manches Möbelstück.

Martin grub den Pfarrgarten um und die Mutter zog Gemüse und steckte Kartoffeln. Sie nahm zwei Jungen von reichen Kornbauern in Pension. Die Bauern entlohnten sie in Naturalien. Lenchen, die Tochter ihrer verstorbenen Schwester Erika aus Grünewald, sollte die Mittlere Reife in Gnadau machen. Also kam Lenchen auch noch hinzu. Um den Mittagstisch saßen jeden Tag zehn Personen.

Und was machte der Vater? Er war das geistige Oberhaupt der Gemeinde und der Familie. Jeden Vormittag saß er in seinem Amtszimmer, und niemandem kam es in den Sinn, ihn dort zu stören.

Mittags, wenn das Essen aufgetragen und die Familie um den Tisch versammelt war, klopfte die Nichte an und bat ihn zu Tisch. Er sprach das Tischgebet, und alle fassten sich an den Händen und dankten Gott.

Am Sonntag, nach dem Mittagessen, machte die Familie mit dem Vater einen Spaziergang. Sie gingen die Allee entlang einmal um den Ort.

Um beim Grüßen nicht ständig seinen Hut lüpfen zu müssen, legte der Vater sich eine Baskenmütze zu. Die machte ihn zwar kleiner neben seiner stattlichen Frau, aber was tat das schon; ein Pfarrer war immer der Größte.

Um Gnadau herum hatten die Herrnhuter schon vor 200 Jahren eine Allee angelegt. Sie existiert noch heute. Den Ortskern bildet ein Quadrat, das aus einer parkähnlichen Anlage, dem Zinzendorfplatz, und einem geschlossenen Gebäudekomplex an dessen Stirnseite besteht. Im Zentrum steht das Gemeinhaus, die Kirche mit dem großen Betsaal. Zur Linken befindet sich die ursprüngliche Mädchenanstalt mit dem Schwesternhaus, zur Rechten das Gemeinhaus und das »Arbeiterwohnhaus«, das Pfarrhaus. Alle Gebäude sind über die Dachböden miteinander verbunden. Man kann sich vorstellen, wie sich in diesem Labyrinth die Kinder getummelt haben.

An Martin wurde immer öfter die Frage gestellt: »Was willst du studieren?« Obwohl die Eltern ihn nicht drängten, wusste er wohl, was sie von ihm erwarteten oder sich wünschten. Der Vater stammte aus einer Bauernfamilie. Dort war er der erste Theologe. Aber die Mutter konnte unter ihren Vorfahren etliche Missionare aufweisen. Sie selbst war in Südafrika auf der Missionsstation Engotini geboren.

Auf einer Silvesterfreizeit des Jungmännerwerkes in Wernigerode zog Martin zum Jahreswechsel aus einer Anzahl von Sprüchen den Bibelvers:

Haltet mich nicht auf,
denn der Herr hat Gnade zu meiner Reise gegeben
1. Mose 24,56

Was lag da näher, als sich für die Theologie zu entscheiden? 1948 machte er das Abitur, und noch im gleichen Jahr begann er in Halle an der Saale Theologie zu studieren.

Nach dem Zweiten Weltkrieg brach die über hundertzwanzigjährige Arbeit der Herrnhuter in Polen zusammen. In Herrnhut waren viele historischen Gebäude, einschließlich der Kirche, am Tag der Kapitulation abgebrannt. Die Demütigen sahen in diesen Ereignissen Gottes Gericht und die Aufforderung zur Besinnung und Neuanfang. Andere hatten Schwierigkeiten mit der Vergangenheitsbewältigung. Zweifel kamen auf, ob sich die Brüdergemeine in

Deutschland jemals von diesen Verlusten erholen konnte.

Ein neuer Anfang musste gefunden werden. Die jüngere Generation war der Hoffnungsträger. Man musste sie zur Tugend ermahnen und vor Fehltritten bewahren.

1951 wandt sich die Synode, das Kirchen - Parlament der Brüdergemeine, mit folgenden Worten an ihre Jugend:

»Ihr lebt in einer Umwelt, in der eure Kameraden in der Schule, an der Arbeitsstelle weitgehend Sittenlosigkeit und Zuchtlosigkeit als selbstverständlich betrachten. Ihr dürft als christliche Jugend wissen, dass ihr berufen seid, die Reinheit zu verteidigen. [...]

Ihr spürt, wie vieles zum anderen Geschlecht hindrängt. Dies ist eine ganz natürliche Gabe des Schöpfers. Sie findet ihre Erfüllung aber erst in der Ehe. Darum hütet die Kräfte der Liebe in euch und verbraucht sie nicht in flüchtigen Erlebnissen. Wenn ihr ans Heiraten denkt, wollt ihr euch für das ganze Leben binden. Ihr seht aber in der Umwelt, wie viele Ehen zerbrechen. Das zeigt, dass eine Ehe einer tiefen und festen Grundlage bedarf. Die feste Grundlage der Ehe ist der gemeinsame Glaube an Jesus Christus. Missachtet diese Wahrheit nicht. Sucht bei der Wahl eurer Lebensgefährten den Rat und den Segen eurer Eltern. [...]

Gott braucht Männer und Frauen, die ganz, gleich an welcher Stelle sie stehen, ihre Berufung als Zeugen Jesu Christi erkennen und bewähren. [...] Ob der Herr nicht auch manchen von euch in den Dienst der Gemeine ruft?«

Hohe Erwartungen wurden an die Jugend gestellt. Und gleichzeitig das Rezept vorgelegt, wie diese zu erfüllen seien.

Das Studium beendete Martin in Leipzig, nachdem ihn der Rückruf der Kirchenleitung in Göttingen erreicht hatte. In der DDR wurden Pfarrer gebraucht. Hier wollte er auch arbeiten. Nun hoffte man, dass er sich unter den Töchtern Herrnhuts seine zukünftige Pfarrfrau suche.

Die Flucht hatten ihn mit seiner Mutter eng verbunden. Er fühlte sich ihr verpflichtet und durfte sie nicht enttäuschen. Sie machte ihn auf diese oder jene Herrnhuterin aufmerksam. Von Freizeiten, gemeinsamen Schulbesuchen oder Diensten kannte er die Mädchen. Sie waren ihm so vertraut wie Schwestern. Er konnte sich nicht entscheiden. Früher hätte man das Los befragt, oder die Frau wäre wie bei den Missionaren von der Kirchenleitung ausgewählt worden. Aber diese Zeiten waren schon lange vorbei. Die vorbildliche Pfarrfrau war das eine, aber das eigene Begehren das andere.

Eva

Ende der fünfziger Jahre verbrachte Martin seinen Urlaub in einer Pension der Evangelischen Kirche in Dierhagen. Von Pfarrfamilien mit erwachsenen Töchtern wurde er zu Ausflügen eingeladen. Dem konnte er sich nicht entziehen. Aber wenigstens im Urlaub wollte er seine eigenen Wege gehen. Nur 20 Kilometer von Dierhagen entfernt lag Ahrenshoop. Der Badeort war vor dem Ersten Weltkrieg ein kleines Fischerdörfchen gewesen, wo sich Maler einquartierten und von der unberührten Natur inspirieren ließen. Dann wurde Ahrenshoop wieder von Künstlern entdeckt und in Besitz genommen. Hier gab es einen riesigen Nacktbadestrand.

Martin war mit seinem Motorrad bis an die ersten Bäume des Darß herangefahren; er hatte es in den Dünen abgestellt, sich ausgezogen und schlenderte nun möglichst unbefangen in Richtung FKK-Strand, wo Jung und Alt sich tummelten. Die alten Strandhasen waren gleichmäßig braun gebrannt. Die Neulinge hatten knallrote Hintern und Brüste. Das unbekümmerte Treiben gefiel ihm sehr. Er fragte eine Volleyballgruppe, ob er mitspielen dürfe. Später wunderte er sich über seine Kühnheit.

Eine Mitspielerin erinnerte ihn an die kleine Meerjungfrau auf einer Postkarte aus Kopenhagen. Er hatte sie in seinem

Schreibtisch unter Papieren versteckt. Das Mädchen lächelte Martin an und spielte ihm Bälle zu.

Nun fuhr er fast jeden Tag nach Ahrenshoop. Und wenn er verhindert war, wartete Eva voller Ungeduld auf ihn. Sie hatte nur noch Augen für Martin.

Sie liefen Hand in Hand den langen Strand in Richtung Darß, schweigend und glücklich in Gedanken versunken. Dort werden die Sandburgen immer weniger und der Strand ist einsam. Die ersten Windflüchter stehen auf den Dünen. Meer und Sand verdrängen das Land. Ein älteres Paar kam ihnen entgegen und sah sie verwundert an. Erst jetzt wurde ihnen klar, dass sie nackt waren. Als sie den langen Weg wieder zurückgegangen waren, lagen ihre Sachen als einsame Häuflein am Strand.

Nun wollten sie täglich zusammen sein und mieden die anderen.

Im Hafen am Bodden saßen sie auf dem Bootssteg und baumelten mit den nackten Beinen. Eva fand, dass Martin in seinem weißen Polohemd und den hellblauen Popelinehosen hinreißend aussah.

»Rate mal, was für einen Beruf ich habe!« »Maler? Musiker? Baumeister?« Er schüttelte den Kopf.

»Vielleicht Lehrer?« Sie sah ihn fragend an. »So etwas Ähnliches wie Lehrer.«

Sie kam nicht drauf.

»Ich bin Pfarrer«, erklärte er und wartete auf ihre Reaktion. »Nie wäre ich darauf gekommen!«

Für einen Pfarrer sah er viel zu gut aus, mit seinen strahlenden Augen und dem offenen Gesicht. Aber eigentlich war ihr sein Beruf gleichgültig. Sie hatte sich in ihn verliebt. Nur das galt.

Später, als es dunkel war und die meisten Leute schon schliefen, fuhren sie nach Dierhagen und schlichen sich in sein Zimmer. Der Raum war winzig: Tisch, zwei Stühle, Bett, Kommode mit Wasserkrug und Waschschüssel. Sie zogen sich aus. Eva stieg auf das Bett und drehte das Kreuz mit dem leidenden Christus um. Nicht weil sie sich schämte, sondern weil er so gequält aussah. Sie schliefen die ganze Nacht nicht, schlummerten vielleicht ein bisschen nach dem Lieben. Bevor sich im Haus etwas regte, rückte Martin den Gekreuzigten wieder zurecht. Dann stiegen sie aus dem Fenster und schlichen durch den Garten zum Motorrad.

Eva schmiegte sich an seinen Rücken und spürte jede Muskelbewegung. Das Motorrad knatterte in den frühen Morgen hinein. Am Strand suchten sie sich einen Korb. Sie konnten sich nicht trennen. Martin zog Eva auf sich und umhüllte sie mit seinem Bademantel. Die Sonne ging auf, und sie schworen sich ewige Treue.

Evas Mutter holte ihre Tochter vom Zug ab und spürte, dass etwas Entscheidendes geschehen war. Sie erwartete, dass Eva wie früher ihre Urlaubserlebnisse erzählen würde. Aber sie schwieg.

Jeden Tag rannte sie an den Postkasten und war enttäuscht, wenn kein Brief für sie dabei war. Dann endlich hielt die Mutter einen Brief hoch und rief: »Aus Herrnhut! O Gott, aus Herrnhut, was ist er denn von Beruf?« »Pfarrer«, antwortete Eva leise.

»Mach keine Witze!« Die Mutter schlug die Hände über dem Kopf zusammen und war besorgt.

»Das ist doch hoffentlich nichts Ernstes?«

Eva antwortete nicht und zog sich zurück. Sie wollte Martin heiraten.

Am Abendbrottisch warf die Mutter dem Vater einen bedeutsamen Blick zu und sagte: »Weißt du überhaupt, was dich in Herrnhut erwartet? Wenn es bimmelt, musst du eine Haube aufsetzen und in die Kirche rennen, und das ein paarmal am Tag.«

Der Vater sagte kein Wort, aber er dachte: »Jedem Tierchen sein Pläsierchen.«

Eva und Martin mussten sich wiedersehen. Das war allerdings nicht so einfach. Martin bewohnte als Vikar im Pfarrhaus zwei Zimmerchen. Sie konnten sich nur treffen, wenn der Gemeindepfarrer mit seiner Familie im Urlaub war. Einstweilen schrieben sie sich sehnsüchtige Briefe.

Dann endlich holte er sie mit dem Motorrad vom Bahnhof in Löbau ab. Zur Mittagszeit bogen sie in Herrnhut ein. Martin war so aufgeregt, dass er die Vorfahrt nicht beachtete und beinahe mit einem Mopedfahrer zusammengestoßen wäre. Der wich noch im letzten Augenblick aus und schrie: »Rindvieh!« Zum Glück waren die Einwohner beim Mittagessen. Niemand hatte etwas bemerkt.

Am Abend musste Martin Singstunde halten. Eva könne unerkannt daran teilnehmen. Ob sie Lust dazu habe? Selbstverständlich wollte sie ihn auf der Kanzel sehen.

»Eine Kanzel gibt es bei uns nicht«, antwortete er. »Wir haben einen Liturgustisch.« »Was ist eine Singstunde?«

»Zinzendorf nannte sie eine gesungene Predigt.«

»Schwer zu verstehen«, dachte Eva.

»Zur Tageslosung singt die Gemeinde Liedverse, die hier auf den schmalen Zetteln stehen.« Martin zeigte ihr solch einen Zettel und ließ sie im Gesangbuch einige Verse heraussuchen.

»Dann spreche ich ein Gebet und die Gemeinde kniet nieder.«

»Ich knie mich auch.«

»Du kniest dich ebenfalls. Auf der linken Seite sitzen die

Schwestern. Dort setzt du dich hin.«

»Er ist doch ein Lehrer«, dachte Eva und sah ihm zu, wie er sich einen schwarzen Anzug überstreifte. Er war immer noch so schön braun gebrannt. Sie sehnte sich nach ihm.

Martin schenkte ihr ein Losungsbüchlein. »Wenn wir morgens die Losung lesen, denken wir aneinander; du in Leipzig und ich in Herrnhut.«

Bestimmt würde sie an ihn denken. Er ging ihr ja den ganzen Tag nicht aus dem Kopf.

Getrennt verließen sie das Haus. Die Hintertür blieb offen, damit sie nach der Singstunde schnell ins Haus schlüpfen konnte.

Eva betrat den Kirchsaal auf der Schwesternseite. Eine Häubchenfrau drückte ihr das Gesangbuch und den Zettel in die Hand. Sie ging den Frauen hinterher. Nur ein paar Alte hatten ein Häubchen auf.

»Die Mutsch hat wie üblich übertrieben«, dachte sie. »Ich jedenfalls werde keine Haube aufsetzen.«

Sie sah sich um: ein schlichter, weiß gestrichener Kirchensaal. Keine Bilder an den Wänden. Die Bänke weiß, etwas hart, nicht zum Einschlafen. Vier hohe Fenster an der Stirnseite, dazwischen ein Kreuz. Rechts die Orgelempore, geschwungen vorgebaut. Vielleicht würde sie im Kirchenchor mitsingen und dann dort oben stehen.

Martin schritt herein; ihr Herz klopfte. Er setzte sich auf den weißen Stuhl hinter einem grün bezogenen Tisch, der auf einem Podest stand.

Wie gut er aussah in seinem schwarzen Anzug mit dem weißen Hemd und dem weißen Binder. Martin las mit seiner warmen Stimme die Losung vor. Seine Augen suchten Eva. Eine Sekunde lang sahen sie sich an. Wirklich nur eine Sekunde. Aber nach der Singstunde sprach ihn doch eine alte Schwester an und ermahnte ihn, er habe ständig auf die Schwesternseite geschaut.

Die Frau neben Eva zeigte ihr, wie man mit Hilfe des Liedzettels schnell den richtigen Vers heraussuchte. Am liebsten hätte Eva erwidert: »Danke, mein Freund da vorne hat mir das alles schon erklärt.« Zum Beten knieten sich die Leute auf den Fußboden, nur die Alten blieben sitzen. Erst als Martin den Saal verlassen hatte, drängten die anderen nach draußen. Jeder schien hier jeden zu kennen. Eva huschte an den Leuten vor der Kirche vorbei, damit niemand sie ansprechen konnte.

Es dauerte lange, bis Martin endlich kam. Aber er war nicht allein. Mit einem Mann betrat er das Haus und unterhielt sich sehr laut. Was sollte das bedeuten? Wollte er ihr ein Zeichen geben? Sie verschwand in seinem Schlafzimmer am Ende des Flurs. Aus dem Wohnzimmer, das zugleich das Arbeitszimmer war, drangen zwei Männerstimmen.

Jetzt fingen sie auch noch an zu singen. Das wollte nicht enden. Eva schlich auf Strümpfen den Flur entlang und horchte an der Tür. Martin las gerade: »Als sie nun das Mahl gehalten hatten, spricht Jesus zu Simon Petrus: Simon, Sohn des Johannes, hast du mich lieber als mich diese haben? Er spricht zu ihm: Ja Herr, du weißt es, dass ich dich lieb habe.«

Eva flüsterte hinter der Tür: »Ja, Martin, du weißt, dass ich dich lieb habe, aber verabschiedet euch bitte, ich bekomme kalte Füße.«

Dann hörte sie das Wort »Osterliturgie«. Aber das interessierte sie schon nicht mehr, und sie lief zurück ins Schlafzimmer. Sogar bis dorthin drang nun der Gesang:

»Mir nach! spricht Christus unser Held, mir nach
Ihr Christen alle! Verleugnet euch, verlasst die Welt,
folgt meinem Ruf mit Schalle. Nehmt euer Kreuz
und Ungemach auf euch, folgt meinem Wandel nach!«

Eva lag auf Martins Bett und wurde zornig: »Ich denke ja

gar nicht daran, die Welt zu verlassen. Jetzt fängt das Leben erst richtig an. Was treiben die zwei? Dieser Mensch soll endlich abhauen! Uns bleibt so wenig Zeit füreinander.«

Eine Stunde vor Mitternacht verabschiedete sich der Fremde. Beinahe wäre sie eingeschlafen.

»Tut mir Leid, Evchen, ich konnte den Kollegen nicht hinauswerfen. Er schreibt seine Doktorarbeit über die Brüdergemeine und wollte etwas über unsere Liturgien wissen.«

Sie hatte sich so sehr nach Martin gesehnt. Jetzt war sie enttäuscht. Dazu kam noch, dass er sich ausgedacht hatte, mit ihr wie mit einer richtigen Ehefrau in den Doppelbetten im Gästezimmer zu übernachten. Der Raum war ungelüftet und stank nach Mottenkugeln. In den dunklen Eichenbetten versanken sie in den ausgeleierten Matratzen.

Sie getrauten sich nicht die Fenster zu öffnen, weil die auf die Straßenseite gingen. Die schweren Federbetten gaben Eva den Rest: »Wir ziehen um in dein Schlafzimmer!«

Sie strich noch die Betten glatt, beseitigte alle Gegenstände, die sie verraten könnten und folgte Martin. Der lag traurig in seinem Bett und grämte sich über seinen Misserfolg. Erschöpft schliefen sie nebeneinander ein.

Der nächste Tag war ein Sonntag. Martin musste nicht predigen. Er machte Frühstück und sie verzehrten es lachend in seinem Bett. Der Sonntag gehörte ihnen. Niemand störte sie. Der missglückte Abend war vergessen.

Sie verbrachten den ganzen Sommertag in der Wohnung. Spätabends führte er sie durch das nächtliche Herrnhut, vorbei an Bauten, die nur schattenhaft zu sehen waren.

»Viele historischen Gebäude sind 1945 abgebrannt. Niemand weiß, wer das getan hat. Manche meinen, das sei die Strafe Gottes für unser Schweigen im Zweiten Weltkrieg gewesen. Eine alte Glocke, die das Kriegsende überstanden hat, trägt die Inschrift:

»-Herrnhut soll nicht länger stehen, ungehindert drinnen gehen, und die Liebe sei sein Band ... (N.L. Zinzendorf)-«, dozierte Martin.

»Er weiß so viel«, bewunderte sie ihn stumm. Sie schmiegte sich an ihren Liebsten und wollte immer nur weiterlaufen, hinaus aus dem Ort in das weite Land, wo sie sich nicht verstecken mussten.

Nur noch eine Nacht lag vor ihnen. Am nächsten Tag musste Eva abreisen; sie wusste nicht, wann sie ihn wieder treffen würde.

Seinen Eltern erzählte Martin nichts von Eva. Sie wären aus allen Wolken gefallen. Zweifel kamen bei ihm auf, ob sie sich als Pfarrfrau eignen würde. Er maß sie an seiner Mutter, dem Idealbild einer Pfarrfrau. Er genoss zwar Evas bedingungslose Hingabe. Die Mädchen, die er kannte, waren so ganz anders als sie. Eva spürte sein Zögern. Aber sie liebte ihn doch so heiß und innig! Wie sollte sie ihm das klar machen? Überallhin würde sie ihm folgen; selbst zu den Eskimos, von denen er ihr erzählt hatte.

Nach einem Jahr voller Zweifel und Hoffnung kam eines Tages sein Abschiedsbrief.

Eva saß heulend daheim vor dem Ofen und verbrannte alle seine Liebesbriefe. So verzweifelt hatten die Eltern ihre Tochter noch nicht gesehen. Sie sorgten sich.

Umwege

Eva wollte auf Ehemann und Kinder nicht verzichten. Und als sich ein Mann um sie bemühte und sehr hartnäckig war, heiratete sie ihn schließlich. Aber Martin vergaß sie nie. Sie verbannte ihn ins Unterbewusstsein; auslöschen konnte sie ihn nicht.

In der DDR waren fast alle Frauen berufstätig. Kindererziehung, Haushalt und Beruf ließen Eva keine Zeit, ihren Träumen nachzuhängen. Das ging viele Jahre so. Das Wohl der Kinder spielte die entscheidende Rolle. Aber Gefühle lassen sich nicht täuschen. Eva wurde krank. Die Ärzte sprachen von »psychosomatischen Beschwerden«. Sie konnte nicht leben wie bisher. Später erfuhr sie, dass Martin seit Jahren von seiner Familie getrennt lebte.

Doch zwischen ihnen war die Mauer, nahezu unüberwindbar. Sich besuchen und prüfen, ob sie sich noch verstehen würden, das war unmöglich. Oder einfach anrufen. Die Verbindung nach Westberlin hätte Stunden gedauert.

Sie schickte ihm einen Brief. Als Martin ihn in der Hand hielt, wusste er sofort, dass er von Eva kam. Sie wollten sich sehen. Das ging am ehesten in Prag.

Zurückgekehrt nach ihrem ersten Wiedersehen umfing Eva die Leipziger Wirklichkeit. Aus der ehelichen Wohnung ausgezogen, wohnte sie zeitweise in der Familie eines Vetters, dann bei einer Freundin. Sie war wohnungslos und die Gejagte eines wütenden Mannes. Wie würden die DDR-Behörden auf ihren Ausreiseantrag reagieren? Die Kinder waren in ihren Gefühlen gespalten. Der eine Sohn hielt zum Vater, der andere zur Mutter.

Eva hatte Probleme, von einer Straßenseite auf die andere zu kommen. Die Nerven versagten ihr den Dienst. Damals wusste sie noch nicht, dass Martin schon mit vierzig Jahren einen Schlaganfall gehabt hatte. Aber auch das wäre für sie kein Hindernis gewesen. Immer würde sie sich für ihn entscheiden. Sie zehrte von Martins Briefen und lebte von einem Treffen zum anderen.

Ein andermal sahen sie sich in Marienbad. Martin fuhr von Westberlin auf der Autobahn um Leipzig herum nach Nürnberg und weiter nach Marienbad. Er war Eva fast greifbar nahe gewesen, aber durfte auf der Transitstrecke nicht aussteigen.

Sie fuhr durch den schönsten Winterwald und konnte sich nicht daran freuen. Die Angst vor den Kontrollen trübte ihren Blick. Eine halbe Stunde vor der Grenze schluckte sie eine Beruhigungstablette. Sie kannte schon die bohrenden Fragen:

»Was machen Sie in Marianske Lazne? Treffen Sie sich mit einem Bürger der BRD? Wo wohnen Sie in Marianske Lazne? Führen Sie Geschenke mit sich?«

Dann wurde ihre Handtasche durchsucht, im Adressbuch jede einzelne Seite durchgeblättert. Aus der Reisetasche zog der Zöllner alle Wäschestücke heraus, auch ihr schönes neues Spitzennachthemd.

»Der darf es nicht mit seinen Pfoten berühren.« Sie hatte es nur für Martin bestimmt.

Neugierige Augen ließen sie erröten. Sie starrte aus dem Fenster. Da wurde gerade eine junge Frau von zwei Grenzsoldaten abgeführt. Sonst war der Bahnhof leer gefegt. Der Zug stand eine halbe Stunde. Als er weiterfuhr, setzten die Reisenden ihre Gespräche fort.

In Cheb (früher Eger) stieg sie um. Nun war es nicht mehr weit bis Marienbad.

Die Angst fiel von ihr ab. Vor ihr lag ein Wochenende mit dem liebsten Mann der Welt.

Kurz vor der Ankunft fuhr der Zug einen großen Bogen, und sie konnte Martin schon von weitem unter den Wartenden sehen. Mit vorgestrecktem Kopf suchte er die Waggons nach ihr ab. Sie winkte ihm zu und er stürmte mit großen Schritten über die Gleise.

»Endlich bist du da, ich habe schon so lange auf dich gewartet!«

Sie küssten sich und er nahm ihr die Reisetasche ab. Sie fuhren zum Hotel Cristall. Sie ließ sich fahren, sie ließ sich führen und in seine Arme fallen.

Es war spät geworden. Hungrig gingen sie hinunter ins Restaurant. Hier herrschte immer noch Hochbetrieb. An einzelnen Tischen fanden auch Ost-West-Begegnungen statt. Sie waren nicht die Einzigen.

Am nächsten Morgen schlenderten sie durch den Park. Die Sonne schien und ließ den Schnee in tausend Kristallen glitzern. Sie wanderten zur Ferdinandsquelle, vorbei an der Bronzegruppe des greisen Goethe mit seiner Muse Ulrike von Levetzow. Der große Altersunterschied hatte sich zwischen die beiden gestellt.

Eva und Martin würden sich von niemandem trennen lassen! Jetzt hatten Goethe und Ulrike weiße Mützen auf. Der Schnee lag wie eine Stola um Ulrikes Schultern.

Am Nachmittag fuhren sie nach Karlsbad ins Café des Hotels Pupp. Auch hier waren fast alle Tische besetzt. Ostdeutsche, Westdeutsche, ganze Familien feierten ihr Wiedersehen. Den Alten standen Tränen in den Augen. Sie hatten die Kinder so lange nicht gesehen. Die Kleinen, unberührt von den Gefühlen der Erwachsenen, spielten Haschen zwischen den Palmenkübeln im Wintergarten. Martin sah Eva an. Er wollte mit ihr alleine sein, und sie fuhren zurück nach Marienbad. Oben im Hotelzimmer umklammerte er sie.

»Ich lasse dich nicht mehr los! Sie dürfen uns nicht trennen. Nein, sie werden es nicht schaffen!« Die Verzweiflung war wieder da. Jetzt erzählte er zögernd, dass es eine Person gäbe, die sie im Auto versteckt in den Westen bringen könnte. Eva lehnte ab. Für dieses Abenteuer war sie zu alt. Außerdem durfte sie ihre Kinder nicht noch mehr belasten. Man würde die Söhne als Mitwisser verdächtigen. Sie mussten also weiter auf die Ausreisegenehmigung warten. Jeden Tag Briefe schreiben, stundenlang am Telefon ausharren und die Hoffnung nicht aufgeben.

»Ich liebe dich, Martin.«
»Ich brauche dich, Liebste.«

Durch Vermittlung ihres zukünftigen Schwagers Erwin fand Eva eine Stelle als Krankenschwester in einem Altenheim der Brüdergemeine in Kleinwelka. Dort war sie aus der Schusslinie der Leipziger Behörden. Wenn in der DDR ein Bürger einen Ausreiseantrag stellte, wusste man nie, wie die Vertreter des Staates reagieren würden. Auf jeden Fall bekamen seine Vorgesetzten in dem Betrieb, in dem er arbeitete, Schwierigkeiten. Man unterstellte ihnen, sie hätten den Mitarbeiter nicht »positiv« beeinflusst.

Das Altenheim dagegen war eine kirchliche Einrichtung. An kirchlichen Mitarbeitern hatte der Staat kein Interesse. Die Gemeine Kleinwelka, nördlich von Bautzen gelegen, war 1751 von den Herrnhutern gegründet worden. Dort gab es vor dem Zweiten Weltkrieg ein Kinderheim mit Schule und Internat, in dem die Jungen und Mädchen der Herrnhuter Missionare erzogen wurden. Während des Krieges war in dem Gebäude ein Lazarett untergebracht. Zu DDR-Zeiten wurde es dann ein Altenheim. Manchmal ging Eva auf den Gottesacker, den Friedhof, und besuchte die kleinen alten Kindergräber. Manche Kinder waren in Paramaribo in Surinam geboren. Andere wieder in Lichtenau in Grönland. Nachdem sie ihre Eltern so früh verlassen mussten, hatten sie sie nie wieder gesehen.

»Warum sind die Herrnhuter damals so hart gewesen?«, dachte Eva. »Ich muss Martin fragen.«

In dem Altenheim war sie nicht die Einzige, die in den Westen ausreisen wollte. Hier brauchte sie sich nicht zu verstecken. Die Angstattacken überfielen sie immer seltener.

Weil Eva im Altenheim wohnte, musste sie öfter Nachtdienst machen. Das Gebäude war im Laufe seiner Geschichte mehrmals umgebaut worden. Gänge in verschiedenen Ebenen, vollgestopft mit alten Möbeln, machten es zu einem Labyrinth. Wenn sie in der Nacht mit der Taschenlampe durch die Gänge eilte, begegnete ihr manchmal ein Heimbewohner, der nicht schlafen konnte: »Schwester, geben Sie mir eine Schlaftablette!«

Um diese Zeit rief Martin an. Die wenigen Telefonverbindungen zwischen Westberlin und der DDR waren nachts nicht überlastet. Wenn das Telefon läutete, lief sie vom Schwesternzimmer im Erdgeschoss in den ersten Stock zu der großen alten Telefonzelle:

»Hallo Eva, hier ist Martin, bist du gesund?«

»Oh, mein Guter, es geht mir prima, aber ich habe riesige Sehnsucht nach dir!«

Stöhnen. »Ich habe eine gute Nachricht: Das Scheidungsurteil ist rechtskräftig. Ich schicke dir eine beglaubigte Abschrift. Stelle sofort den Antrag auf Heirat.«

»In zwei Tagen fahre ich nach Leipzig!«, rief sie ihm zu und schickte viele Küsse durchs Telefon.

Wie auf Wolken schwebte Eva durchs nächtliche Haus. Früh um vier Uhr machte sie auf dem Herd Wasser heiß. Mit einem Eimer in jeder Hand stieg sie in den zweiten Stock und fing an, die Heimbewohner zu waschen. Einen Fahrstuhl gab es nicht.

Eva war Weihnachten zum Dienst eingeplant, aber Silvester hatte sie frei. Sie fuhr nach Niesky. Die Familie von Martins Bruder hatte sie eingeladen. Als Geschenk brachte sie einen zwei Kilogramm schweren Karpfen mit. Den wollte sie auf tschechische Art zubereiten. Den halben Tag stand sie in der Küche ihrer zukünftigen Schwägerin Inge.

Die Karpfensuppe war das Beste: Der Kopf, die Innereien und der Schwanz wurden mit Zwiebeln, einem Lorbeerblatt, Pimentkörnern und Suppengrün ausgekocht. Die Gallenblase musste unverletzt beseitigt werden, sonst hätte man die ganze Suppe wegschütten können. Aus Semmelmehl und Eigelb machte Eva kleine Klößchen und ließ das Ganze gar ziehen. Die entschuppten Karpfenhälften wurden in Portionen geteilt, paniert und gewürzt. Und nun kam das Schwierigste, das Braten. Der Fisch musste langsam weich gebraten werden, ohne dass er zu braun geriet. Eine Ewigkeit dauerte das. Die Fischstücke wurden immer wieder gewendet, bis der Karpfen durchgebraten war. Inge machten den Kartoffelsalat.

Das Karpfengericht schmeckte fabelhaft. Nur Martin fehlte am Tisch.

Nach dem Essen holte Erwin aus seinem Arbeitszimmer zwei alte Briefe aus dem Jahr 1896 hervor. Der eine war ein Schreiben des Missionsdirektors an Maria Elisabeth Wagner mit der Anfrage, ob sie bereit sei, als Ehefrau und Gehilfin des berufenen Missionars Carl Imanuel Gericke nach Südafrika zu gehen. Im zweiten Brief warb Carl Imanuel um Maria Elisabeth. Die Frage, ob Maria Elisabeth die Werbung angenommen hatte, erübrigte sich. Sie war die Großmutter von Martin und Erwin gewesen. Die Briefe waren in Sütterlinschrift geschrieben, Erwin musste sie vorlesen. Eva saß mit Thea, der Tochter, auf dem Sofa. Erwin und Inge saßen ihnen gegenüber.

Berthelsdorf, den 22. Jan. 1896
Liebe Schw. Wagner!
Es ist eine sehr ernste und für Ihr Leben entscheidende Frage, die ich heute an Sie zu richten habe und welche ich Sie bitte in ernster u. eingehender Überlegung vor den Herrn zu nehmen. Der nach Süd Afrika Ost berufene led. Bruder Carl Gericke hat uns gebeten, an Sie die Anfrage zu richten, ob Sie gewillt u. geneigt seien, ihm eine Gehilfin in diesem Dienst zu werden. Damit werden Sie vor eine doppelte Frage gestellt. Die erste geht dahin, ob Sie überhaupt Neigung finden können, in den Dienst des Herrn auf die Mission zu treten. Viel brauche ich Ihnen ja darüber nicht zu schreiben; Sie sind ein Missionskind u. kennen die Mission aus Anschauung u. aus der Erzählung Ihrer lieben Eltern. Sie wissen, daß dieser Dienst ein nicht leichter, ein sehr verantwortungsvoller ist u. reich an mancherlei Entbehrungen. Ebenso gewiß wissen Sie aber auch, daß er im rechten Sinn u. Geist getan ein gar herrlicher u. köstlicher ist, der uns selbst zum reichen Segen u. Nutzen gereichen kann.
Ich zweifle auch nicht, daß Sie Ihr Herz u. Kraft dem

Herrn schon geweiht, der Ihnen ja von Jugend auf schon nicht fremd ist. Wenn also diese Frage vielleicht so schwer Ihnen zu beantworten sein dürfte, so vielleicht umso mehr die andere, ob Sie Freudigkeit gewinnen können, gerade diesem genannten Bruder die Hand für das Leben zu reichen. Vielleicht ist er Ihnen ganz unbekannt.

Auch ich kann in der Frage Ihnen nur einiges über ihn schreiben. Brd. C. Gericke ist 29 Jahre alt. Als er in der Missionsschule war, wurde er brustleidend, wird aber jetzt von den Doktoren als völlig hergestellt und gesund bezeichnet. Die Zeugnisse desselben haben uns vorgelegen. Auch haben wir ihn vorsichtshalber nach S.A.F.-Ost [Südafrika-Ost] berufen, wo das Klima, menschlich gesprochen, die etwaige Wiederkehr des Leidens ausschließt. Er selbst fühlt sich völlig wohl und sieht auch wohl aus. Er ist ein stiller ruhiger Mensch. Nicht von vielen Worten, hat aber einen guten Namen in der Missionsschule gehabt. Seine innere Gesinnung ist eine ernste und aufrichtige, und hat Erziehung von der Gnade des Herren an seinem Herzen gemacht und scheint ein gegründeter Christ zu sein.

Wünschen Sie noch näheres von ihm zu wissen, so würde ich gerne bereit sein, Schw. Kluge in Niesky zu veranlassen, Ihnen mehr zu schreiben, dieselbe kennt ihn genau. Sollte es Ihnen etwa sehr schwer werden sich zu entscheiden, ehe Sie ihn persönlich gesehen haben, so würde sich eine gegenseitige Bekanntschaft hier in Herrnhut bei ihren Verwandten vermitteln lassen. Die Reisekosten hoffe ich aufbringen zu können. Doch möchte ich Sie bitten, sich in diesem Fall bald zu einer solchen Reise zu entschließen. Mit Ihren lb. Eltern habe ich über die Möglichkeit, dass ein solcher

Ruf an Sie gelangen könnte, vor ihrer Abreise gesprochen u. dieselben hatten keine Bedenken dagegen.

Nun lb. Schwester, der Herr mache Ihnen seinen
Willen u. Weg recht klar u. schenke Ihnen volle
Freudigkeit zu tun, was er sie heißt. Sollten Sie eine
ablehnende Antwort geben, so bitte ich freundlichst,
diesen Brief mir zurückzustellen.

Ihrer Antwort entgegensehend u. mit der Bitte, Geschwister Müller herzlich zu grüßen,

Ihr Bruder C. Buchner

Nachdem Erwin geendet hatte, schwiegen sie lange.

»Die Herrnhuter haben den Dienst in der Mission über die
menschlichen Bedürfnisse der Mitarbeiter gestellt«, sagte
Eva.

»Ich sehe das nicht so«, entgegnete Erwin. »Bruder Buchner hatte unserer Großmutter doch freigestellt, wie sie sich
entscheidet.«

»Das stimmt schon, aber hatte sie wirklich die Entschei-
dungsfreiheit? Sie war 24 Jahre alt, in Südafrika geboren
und Hausangestellte bei den Geschwistern Müller. Da
musste ihr doch dieser Antrag als Geschenk des Himmels
vorgekommen sein.«

»Eva«, sagte ihr eine innere Stimme, »halt die Klappe, du
erschreckst die braven Leute.« Aber die Stimme war zu leise
und Eva diskutierte weiter. »Eure Großmutter hatte Glück,
weil der Großvater ein sanfter Mensch war. Aber hätte sie
auch den Mut gehabt, einen anderen abzulehnen?«

»Das war damals eine ganz andere Zeit«, schaltete sich Inge
ein. »Da hast du Recht.«

Inzwischen tranken sie Kaffee und aßen Inges wunderbaren
Stollen.

»Soll ich euch den ersten Brief unseres Großvaters an die Großmutter vorlesen?«, fragte Erwin.

»Ja«, riefen die drei Frauen. Jetzt wurde es doch richtig interessant! Eva dachte an all ihre Liebesbriefe, die Tag für Tag über die Grenze zwischen Kleinwelka und Landau hin- und herflatterten. Martin war inzwischen nach Landau berufen worden.

Erwin las:

Niesky, d. 23.1.1896.

Liebe Schwester Wagner!

Verzeihen Sie, wenn ich unbekannterweise einige Zeilen an Sie richte. Sie werden wahrscheinlich bereits im Besitz des Briefes Brd. Buchners sein, welcher für Sie und für mich eine so sehr wichtige Angelegenheit enthält.

Wenn ich nun zu jenem Brief noch einen persönlich nachsende, so tue ich es einesteils im Einverständnis mit Brd. Buchner, andernteils aber darum, weil ich weiß, dass Sie mich weder persönlich noch in anderer Weise kennen. Daher möchten diese Zeilen gern dazu dienen, Sie mit meiner Person einigermaßen bekannt zu machen, doch nicht um Sie dadurch in Ihren Ansichten irgendwie zu beeinflussen, sondern um gerne einem für Sie naheliegenden Bedürfnis entgegen zu kommen.

Nachdem ich vor einiger Zeit eine Berufung in den Missionsdienst in Südafrika Ost erhalten hatte, wurde mir auch die Erlaubnis zu teil, mich zu verheiraten.

Da mir nun unklar war, welche Schwester ich dem Missionsdepartement vorschlagen sollte, so bat ich die Brüder in Berthelsdorf, mir einige Schwestern zu nennen. Unter diesen Schwestern war auch Ihr Name. Nach reiflicher Überlegung wurde ich in Gedanken auf Sie geführt, und ich beschloß, im Vertrauen auf den Herrn Sie dem Missionsdepartement vorzuschlagen. Obwohl ich Sie persönlich garnicht kenne, waren mir doch die Aussagen Brd. Kluges und anderer Leute, soweit dieselben Sie kannten, maßgebend, an Sie zu denken.

Dies sind kurz meine wenigen und einfachen Gründe für den an Sie ergangenen Antrag.

Über meine Persönlichkeit wird Ihnen Brd. Buchner schon einiges mitgeteilt haben.

Ich füge noch hinzu:

Ich bin Missionskind, geboren in Lichtenau in Grönland. Wie alle Missionskinder wurde ich bis zu meiner Konfirmation 1881 in der Knabenanstalt zu Kleinwelke erzogen. Dann erlernte ich die Buchbinderei bei Brd. Lesser in Neuwied. Nach vollendeter Lehrzeit arbeitete ich in verschiedenen Orten als Buchbindergehilfe und meldete mich dann1891 zum Eintritt in die Missionsschule, in die ich Ostern 1892 eintrat.

Ostern 1895 hatte ich meinen Cursus vollendet und da ich gesundheitshalber noch nicht berufen werden konnte, so erhielt ich die Erlaubnis auf einige Monate nach England zur Erlernung der englischen Sprache zu gehen. Während meines Aufenthaltes in England erhielt ich dann eine Berufung nach Südafrika-Ost. Anfang Dezember vorigen Jahres kehrte ich wieder nach hierher zurück.

Meine Mutter wohnt im Witwenhaus in Kleinwelke. Ich habe noch 4 Geschwister: 2 Brüder und 2 Schwestern. 1 Bruder von mir trat 1893 in die Missionsschule ein und wurde vor einigen Wochen in den Missionsdienst in Labrador berufen.

Nun noch einiges über den Punkt, der Ihnen wahrscheinlich am meisten Bedenken machen wird. Brd. Buchner wird Ihnen bereits mitgeteilt haben, dass ich während eines Teiles meines Aufenthaltes in der Missionsschule an einer angegriffenen Lunge gelitten habe, seit einigen Monaten jedoch wieder ganz gesund bin.

Die ersten Symptome der Krankheit traten am Anfang des Jahres 1893 auf. Nach der ersten Untersuchung konstatierte der Arzt, dass mein rechter Lungenflügel an der oberen Spitze etwas angegriffen sei. Wie dies entstanden ist, kann ich nicht genau feststellen; ich glaube jedoch, dass es durch Verkältung hervorgerufen wurde.

Im Sommer des genannten, sowie im Sommer des folgenden Jahres hielt ich mich dann jedesmal für 3 Monate zur Erholung in Schreiberhau im Riesen Gebirge auf. Diese beiden Aufenthalte thaten mir so gut, dass nach Ablauf des 2.-ten der Arzt nichts mehr wesentliches an meiner Lunge finden konnte. Durch meinen Aufenthalt in England bin ich nun noch vollends geheilt worden. Ich wohnte derselbst bei einem Arzt, welcher mich manchmal untersucht hat, und mich für vollständig gesund erklärte.

Wenn Sie jedoch, was ich Ihnen nicht verdenken kann, noch etwas Zweifel in Bezug auf meine Gesundheit hegen, so wenden Sie sich, bitte, an Brd. Buchner, der meine ärztlichen Atteste in Händen hat.

Daß ich wieder vollständig gesund bin, können Sie daraus ersehen, daß ich Erlaubnis zur Verheiratung erhalten habe, während bei etwaiger fraglicher Gesundheit ich entweder garnicht, oder doch nur ledig hinausgeschickt würde.

Ich erlaube mir auch, meine Photographie Ihnen zu senden. Ich tat es darum, weil ich Ihnen völlig unbekannt bin, und weil Ihnen durch dieselbe ein ungefährer Anhalt und Bezug auf meine äußere Erscheinung gegeben werden kann. Ich will auch noch hinzufügen, dass ich groß und etwas schmal gebaut bin.

Sollten Sie mir eine günstige Antwort zukommen lassen, so wäre es mir lieb wenn Sie mir auch gleich mitteilen könnten, wo wir uns das erstemal treffen könnten, damit nicht durch unnötigen Briefwechsel die Angelegenheit hinausgeschoben wird. Eine Photographie von Ihnen wäre mir dann auch sehr lieb.

Zum Schluß möchte ich Sie nun noch bitten, die Angelegenheit recht ernstlich vor den Augen des Herrn zu erwägen. Seien Sie versichert, dass auch ich Sie durch meine Gebete unterstützen werde, damit Sie so geführt werden, wie es für uns beide gut ist. Des Herrn Weg ist stets der beste, und sollten Sie keine Freudigkeit zur Annahme finden, so nehme ich es aus seiner Hand und könnte Ihnen niemals deswegen etwas nachtragen.

Darum bitte ich Sie nochmals, diese Angelegenheit nach allen Seiten hin recht zu überlegen und nur dann eine bejahende Antwort zu geben, wenn Sie dazu volle Freudigkeit haben und es Ihnen klar ist, dass dies der Wille des Herrn ist.

Auf der anderen Seite darf ich Ihnen etwas sagen, dass meinerseits volle Freudigkeit vorhanden ist, was Sie dadurch erkennen, dass ich diese Anfrage an Sie ergehen lasse.

Der Herr lenke Ihre Entschließung!

Ihr ergebener Bruder

Carl Gericke

Erwin hatte geendet und sah seine Frau und Eva erwartungsvoll an.

»Ein rührender Brief!«, sagte Eva.

»Das finde ich gar nicht. Der Brief ist sehr ernsthaft geschrieben«, meinte Erwin.

»Ich habe nicht rührselig gesagt, der Brief rührt mich an. Bestimmt hat euer Großvater schon viele Jahre darauf gewartet, endlich heiraten zu dürfen.«

»Man hat sich damals der Disziplin der Kirchenleitung unterworfen«, beendete Inge das Gespräch.

Es war inzwischen 23 Uhr. Erwin musste sich vorbereiten, um 23.30 Uhr begann die Mitternachtsversammlung am Altjahresabend (Silvester).

Auf dem Heimweg nach Kleinwelka überlegte Eva, ob sie sich wohl angepasst hätte, wenn sie als junges Mädchen Martins Frau geworden wäre. Dann wieder dachte sie: »Mit ihm zusammen wäre ich überall glücklich gewesen.«

Eva wohnte unter dem Dach des Altenheimes in einem ausgebauten Giebel. Die Möbel hatte sie sich aus dem Fundus des Heimes geholt. Ihrem Kämmerchen gegenüber befand sich der Glockenturm der alten Saalkirche, der die Form eines Dachreiters hatte. Vor vielen Jahren gab es in Kleinwelka eine Glockengießerei. Von all den gegossenen Glocken war durch den Krieg nur ein Glöckchen mit einem Riss übrig geblieben. Wenn Eva nicht schlafen konnte, wartete sie von Viertelstunde zu Viertelstunde auf sein Scheppern.

Sie fühlte sich hier geborgen. Tag und Nacht waren die Schwestern im Haus unterwegs.

In ihrer Küche war ein Toilettenbecken eingebaut. Sie konnte auf dem Klo sitzen und gleichzeitig in der Suppe auf dem Herd rühren. Das Personalbad lag neben dem Bad der Köchin im Keller – eine Weltreise von ihrer Wohnung entfernt. Man riet ihr, in der Dusche auf Löcher zu achten, die der Sohn der Köchin immer wieder aufs Neue in die Holzwand bohrte.

Nach anderthalb Jahren kam der Bescheid, dass sie Martin heiraten durfte. Ob sie etwas dagegen hätte, wenn der Hochzeitstermin auf den 24. Dezember fiele? fragte die Standesbeamtin.

Unter einem Honeckerbild heirateten Eva und Martin am Heiligen Abend auf einem Leipziger Standesamt. Er im neuen schwarzen Anzug, sie in einem dunkelblauen Seidenkleid, dass sie sich selbst genäht hatte.
Die kirchliche Trauung sollte in Kleinwelka stattfinden. Martins Bruder würde sie trauen. Er hatte vorher die Zustimmung der Kirchenleitung eingeholt.

Die Brüdergemeine ist in Deutschland eine kleine Kirche. Die Gemeinden kennen einander. Das Leben ihrer Gemeindiener (Pfarrer) wird von den Gemeindemitgliedern aufmerksam beobachtet und begleitet. In Westberlin gab es einen Gebetskreis von alten Schwestern, die für Martins und Evas Vereinigung gebetet hatten. Martin war überzeugt, dass die Schwestern von Gott erhört worden waren.

Auch Evas Söhne kamen zur Trauung nach Kleinwelka. Dem Jüngsten fiel es schwer, dass seine Mutter wieder heiratete. Auf den Hochzeitsfotos machte er ein trauriges Gesicht.
Am Nachmittag sollte ein Liebesmahl gefeiert werden. Das ist eine alte liturgische Tradition in der Brüdergemeine.

Zu besonderen Gelegenheiten, wie Besuchen aus fernen Gemeinden, an christlichen Gedenktagen oder zu Familienfesten versammelt sich die Gemeinde bei einem gemeinsamen Mahl. Das Feiern soll den Zusammenhalt der Gemeindeglieder stärken.

Martin und Eva hatten alle Heimbewohner und das Personal in den großen Speisesaal eingeladen. An der Stirnseite saßen das Brautpaar und die Familie.

Nach dem Genuss von Kaffee und Kuchen ließ Erwin die Gäste Lieder singen:

Oh wie sehr lieblich sind all deine Wohnung,
wo recht christlich dein Volk hält Versammlung,
Herre, dir zu Lob und Ehre!

Joh.Augusta

Dann fragte er die Alten, wie es bei ihrer Hochzeit gewesen sei. Eine Bäuerin aus Schlesien erinnerte sich:

»Mit Pferd und Wagen sind die Bauern von nah und fern zur Hochzeit gekommen und haben drei Tage lang gefeiert. Dabei haben die Eltern die Augen offen gehalten und für ihre unverheirateten Söhne die passenden Frauen ausgesucht.«

Es folgten neue Liedverse:

Ew'ger König, gib uns heut deinen heil'gen Segen,
wollst auf reich' und arme Leut alles Gute legen.
Durch deiner Gnade Reichtum wollst du uns beleben,
uns als deinem Eigentum dann den Himmel geben.

Klement der Barfüßer

Eva und Martin waren im Himmel, nach all den Ängsten und Unsicherheiten, die hinter ihnen lagen. Der Nachmittag verging schnell und die Alten meinten, es könnte bald wieder jemand heiraten.

Für eine Nacht war die Kammer im Giebel des Altenheimes ein Liebesnest. Das alte Bett hatte Eva zerlegt, den Fußboden mit Matratzen gepolstert und die Lampe mit einem roten Seidenschal umhüllt. Auf dem Nachttisch stand der Brautstrauß, den Martin von seiner ältesten Tochter mitgebracht hatte. Das Scheppern der gesprungenen Glocke erreichte nicht mehr ihr Ohr. Den Sprung in Evas Seele streichelte Martin mit Lippen und Händen weg. Für ein paar Stunden war die Welt ausgeschaltet.

Am nächsten Tag musste Martin alleine nach Landau zurückfahren, wohin er inzwischen berufen worden war. Eva begleitete ihn bis zur Autobahn und winkte ihm weinend hinterher.

Sie wartete auf ihre Ausreisegenehmigung. Aber diesmal mit der Gewissheit, dass ihre Trennung bald zu Ende war. Nach Leipzig zurückgekehrt, bereitete sie sich auf die Übersiedlung vor. Im Februar bekam sie die Papiere.

Alle Gegenstände, die sie mitnehmen wollte, mussten vierfach in Listen verfasst werden. Jetzt wusste sie, wie viele Tassen, Teller, Bilder, Bücher, Kleider u.s.w. sie besaß. Mit den Bildern und Briefen von ihrem Patenonkel Max S. hatte es eine besondere Bewandtnis. Sie gehörten zum so genannten Kulturgut. Ihr Onkel war in der DDR ein bekannter Maler. Nun musste sie sich im Georgi-Dimitroff-Museum eine Unbedenklichkeitserklärung holen.

Der Direktor betrat mit einem Assistenten den Raum, in dem Eva mit ihren Bildern saß. «Warum wollen Sie in die BRD übersiedeln?«, fragte der Direktor. »Was geht das diesen Menschen an?«, dachte sie, schwieg aber. Lange betrachtete er die Zeichnungen und Bilder.

»Woher haben Sie die Originale?«, sie erklärte es. Dann schickte er den Assistenten mit jeder einzelnen Grafik in den Fundus, um zu überprüfen, ob noch ein gleiches Exemplar vorhanden wäre.

»Warum sortieren Sie die Bilder?«, erkundigte sich Eva.

»Ich stelle hier die Fragen.« »Pass auf, Eva, der Kerl ist unangenehm«, sagte sie sich.

Dann erklärte er, dass das Museum eine vollständige Sammlung der Werke von Max S. beanspruchte. »Wir werden nicht zulassen, dass unser künstlerisches Erbe in das kapitalistische Ausland verschwindet.«

Ihr wurde klar, dass es ein Fehler gewesen war, die Bilder nicht ihrem Vetter zur Aufbewahrung zu geben. »Sie können mir doch nicht die Bilder wegnehmen.« Er sah sie höhnisch an: »Sie wollen doch zu Ihrem Mann ausreisen, oder?«

Dann wollte er ihr die Bilder abkaufen. Sie dachte nicht einmal über den Preis nach. »Ich werde die Bilder meinem Sohn in Leipzig vermachen.« Wütend sah er sie an: »Bringen Sie mir eine beglaubigte Schenkungsurkunde. Solange bleiben die Bilder im Museum.«

Jede Menge Gutachten und Urkunden. Alle kosteten viel Geld. Zuvor waren bereits die Bücher von einem staatlichen Antiquariat beurteilt worden. Ein Goldschmied taxierte Schmuck und Silberbestecke. Und aus dem Kunstgewerbemuseum kam ein Schätzer mit einem riesigen Hund in ihre Wohnung. Er sah sich Vasen, Schalen u.s.w. an. Die Münzen musste Eva ebenfalls zu einem Sachverständigen bringen. Dabei nahm sie nur das mit, was in Martins Auto hineinpasste.

Jahre später, nach der Wende, schickte der Sohn ihr einen Zeitungsausschnitt mit einer kurzen Notiz: »Der Direktor des Georgi-Dimitroff-Museums wurde entlassen, weil er Mitarbeiter der Staatssicherheit war.« Eine kleine Genugtuung!

In einem Bücherbasar hatte Eva kürzlich Knauers Lexikon »Moderne Kunst« erstanden. Zu Hause blätterte sie darin und suchte den Namen ihres Patenonkels. Er stand nicht drin. Man hatte ihn im Westen überhaupt nicht zur Kenntnis genommen.

Endlich zusammen

Martin holte Eva in Leipzig mit dem Auto ab. Jens, ihr Ältester, hatte aus dem Lager der Kaufhalle, wo er als Lagerarbeiter sein Geld verdiente, Kartons mitgebracht. Sorgsam stapelte er das Umzugsgut in den Wagen.

Die Straßen waren glatt und Martin musste sich aufs Fahren konzentrieren. Als sie nach Thüringen kamen, fiel der Schnee immer dichter. An der Grenzstation waren sie die einzigen Reisenden. Die Zöllner holten lange Tische. Inmitten des Schneetreibens musste Martin jeden einzelnen Karton heraustragen, auf den Tisch stellen und öffnen, und alle Gegenstände wurden mit den Listen verglichen. Hoffentlich waren die Bücher nicht verdorben.

Hinter der Grenze ruhten sie sich in einem Autobahnrestaurant aus. Endlich geschafft! Jetzt konnte ihnen niemand mehr das Zusammenleben verweigern. Jeden Tag wollten sie Gott danken.

Auf der letzten Strecke hinter Ludwigshafen fingen sie im Auto an zu singen. Und in Landau wurden sie vom Vorfrühling begrüßt.

Eva war von all den Aufregungen der letzten Tage so müde, dass sie ihre neue Wohnung gar nicht begutachten konnte. Sie nahm nur zur Kenntnis, dass in den großen Räumen wenig Möbel standen, überall Gardinen fehlten und im Schlafzimmer ein großes hohes Bett neben einem niedrigen Jugendbett stand. In der Nacht wachte sie auf, weil sie die Beine nicht ausstrecken konnte, und kletterte zu Martin nach oben. Der seufzte im Schlaf, drehte sich um, umschlang ihren Rücken, und beide schliefen bis zum Morgen tief und fest. Sie waren angekommen.

»Wo bist du?« suchte Martin seine Frau. Das hallte in den spärlich möblierten Räumen.

Er wollte mit Eva in die Stadt gehen, um ihr alles zu zeigen.

Diese Fülle von Angeboten! Welche waren preiswert? Gleich um die Ecke gab es einen Supermarkt, der hieß »Minimal«. Die Preise dort waren alles andere als minimal. Später fiel Eva auf, dass niemand zugab, im »Aldi« einzukaufen.

Der Wochenmarkt in Landau war ein großes Ereignis.

Der Marktplatz - voller Blumen - und Gemüsestände von Gärtnern und Bauern aus der fruchtbaren Umgebung. Aber auch Fleischer und Bäcker verkauften ihre Waren. Martin führte Eva stolz herum, als kämen die ganzen Herrlichkeiten von ihm.

»Mein Guter, wir brauchen Gardinen, damit die Nachbarn nicht sehen, wie wir uns küssen«, sagte Eva am Abend. Ein paar ältere Exemplare hatte er aus Berlin mitgebracht. Nach dem Waschen konnte man sie noch verwenden. Aber es waren so viele und so hohe Fenster.

»Am billigsten ist es, wenn ich Stoff kaufe und nähe.« »Du brauchst eine Nähmaschine.«

Also gingen sie in ein Pfaff-Geschäft und kauften ein Maschine.

Eines Tages meldeten sich Martins Töchter an. Eva hatte die hübschen Mädchen bisher nur auf Fotos gesehen. Martin war stolz auf seine Kinder und liebte sie sehr. Und weil es so war, würde Eva sie auch lieben.

Zur Verstärkung brachte Gerhild, die Jüngere, ihren Freund mit. Mit Rucksack, Schlafsack und Gitarre kamen sie anmarschiert. Sie wollten ihr Territorium markieren. Eva verschwand in der Küche und kochte. Martin saß strahlend auf dem Sofa, umringt von seinen drei Mädchen.

»Die erste Begegnung ist entscheidend«, dachte Eva und hielt sich im Hintergrund.

Am Abend machten sie Musik und tanzten bis in die Nacht hinein. Gegen 22 Uhr zogen sich Martin und Eva zurück. Irgendwann würden auch die Jungen müde sein. Betten gab es nicht. Sie suchten sich ihre Schlafplätze in der großen Wohnung.

Von den Töchtern hörte Eva zum ersten Mal etwas über Ökologie. In der DDR war das ein Tabuthema gewesen. Man müsse natürliche Produkte verwenden und in Ökoläden einkaufen. Aber das war ja viel zu teuer! In Martins Haushalt fehlte es am Notwendigsten.

Sie wohnten in der Martin-Luther-Straße, einer breiten, gutbürgerlichen Straße. Wenn sie am Sonntag in die Stiftskirche zum Gottesdienst gingen, liefen sie ihre Straße hinunter und kamen in die Altstadt. Hier war die Martin-Luther-Straße nicht mehr wiederzuerkennen. Schmal, eng, niedrige alte Häuser mit Kneipen, Puffs und Sexshops. Diese Seite des städtischen Lebens war ihr neu. In der DDR gab es offiziell keine Prostitution. Sie fand im Verborgenen statt.

Neben Martins Schreibtisch lag auf dem Fußboden ein Haufen mit Papieren, fein übereinander gestapelt.

»Was ist denn das?«, fragte Eva ihren Mann.

»Das sind alles Quittungen und Rechnungen für die Herrnhuter Missionshilfe. Ich muss das alles mal abrechnen.«

Als Martin ermahnt wurde, die Abrechnung an die Direktion zu schicken, setzte sich Eva jeden Abend hin und arbeitete den Zettelberg ab. Sie brauchte Monate.

Martin arbeitete für die Herrnhuter Mission. Er leitete keine Ortsgemeinde, sondern eine Bereichsgemeine (das alte Wort Gemeine wird heute noch verwendet). Seine Aufgabe war es, die Mitglieder und Freunde der Herrnhuter Brüdergemeine, die zum Bereich gehörten und in der Diaspora lebten, zu betreuen. Außerdem hielt er engen Kontakt zur Landeskirche und zu den Freikirchen.

Das entsprach der ursprünglichen Arbeit der Brüdergemeine. Zinzendorf wollte das geistliche Leben in den Kirchen fördern. Die Entstehung einer organisierten Brüderkirche war nicht seine Absicht gewesen.

Eva merkte, dass Martin die Organisation seiner Aufgaben und das viele Unterwegssein anstrengten. Solange sie noch in keinem Arbeitsverhältnis stand, begleitete sie ihren Mann auf allen Fahrten.

Eva sehnte sich nach ihren Söhnen. Wie kamen sie ohne Mutter zurecht? Der Jüngste lebte zwar bei seinem Vater, aber sie wusste, dass er sie doch vermisste. Der Älteste arbeitete nicht mehr in dem Lager. Hatte es Schwierigkeiten gegeben? Er war jetzt Hilfspfleger in einem katholischen Altenheim. Alle diese Nachrichten waren bedrückend. In Ostberlin wollten sie sich treffen.

Wieder musste sie eine Grenze passieren. Als der Grenzsoldat in seinem Kabuff ihr Gesicht mit dem Passfoto verglich, begann ihre Hand in Martins zu zittern. Sollte dieser Wahnsinn Jahr für Jahr so weitergehen?

Ihre Kinder warteten vor dem Ausgang. Eva brach in Tränen aus, und auch die erwachsenen Söhne wischten sich die Augen. Dann liefen sie erzählend durch die Ostberliner Straßen. Jens und Benjamin waren ihr wieder ganz nahe.

»Warum hast du die Arbeit gewechselt?«, fragte sie Jens.

Er sah müde aus und versuchte, seinen Frust zu verbergen. »Ich habe mich um eine Delegierung zum Ökonomiestudium beworben. Der Kaderleiter machte zur Bedingung, dass ich in die CDU eintrete. Da kann ich ja gleich Mitglied der SED werden. Da gibt es keinen Unterschied.«

Eva seufzte, weil sie ihm nicht helfen konnte.

Auf einer Parkbank übergab sie ihre Geschenke. Wenigstens für Kleidung konnte sie jetzt sorgen.

Nach dem Essen mussten sie sich verabschieden. Martin wusste, wie seine Frau sich quälte. Ihr Leben wurde von der Mauer bestimmt. Damals ahnte noch niemand, dass es sie bald nicht mehr geben würde.

In Westberlin zeigte Martin ihr die riesigen Sperranlagen. Im Osten sah man nur eine hohe Mauer.

»Das alles haben sie sich ausgedacht, um die Bevölkerung am Weglaufen zu hindern!«

In den Nachrichten hörte Eva, dass DDR-Bürger Verwandte ersten und zweiten Grades besuchen durften, wenn diese über 60 Jahre alt waren und einen runden Geburtstag feierten. Eine Freundin ihres Vaters wurde achtzig. Eva telefonierte mit ihr und schickte ihrem Vetter pro forma eine Einladung. Die alte Dame machte sich zur Schwester seiner Mutter.

Das klappte; der Vetter kam nach Landau. Sie zeigten ihm alle Sehenswürdigkeiten der Stadt und machten Ausflüge entlang der Deutschen Weinstraße. Wie auf eine Schnur gereiht reichten die Weindörfer bis nach Frankreich hinein.

Als der Vetter unkontrolliert die Grenze zum Elsass über-
queren konnte, kam er auf die kühne Idee, einen Abstecher
nach Paris zu machen. Auch das gelang ihm. Die Grenze
war durchlässiger geworden.

Eva fühlte sich wohl in ihrer großen Wohnung. Die Gardinen hingen an den Fenstern, und die Möbel, mehrfach hin-
und hergeschoben, standen nun an ihrem Platz. Sie wollte
aber neue Ehebetten haben. Hilflos rannte Martin mit Eva
durch ein riesiges Möbelkaufhaus.
»Ich bin mit allem einverstanden, was du aussuchst!«, sagte
er, um dem Möbellager schnell zu entkommen.
Sie erblickte ein Polsterbett; der Stoffbezug war mit rosa
und hellblauen Blümchen auf weißem Grund bedruckt
– ein Traum! »Martin, komm doch mal her.«
Ein Verkäufer war auch schon zur Stelle. »Gnädige Frau,
Sie können sich ruhig aufs Bett legen, um das richtige Lie-
gegefühl zu bekommen.«
Sie legte sich auf die Blümchen und schloss eine Sekunde
lang die Augen.
»Das kaufen wir!«, rief Martin. Und alle waren zufrieden.

Martin sang in der Kantorei der Stiftskirche. Als er nach
Landau versetzt worden war, hatte er über den Chor
freundliche Leute kennen gelernt. Nun nahm er Eva zu den
Proben mit. Ostern sollte die Matthäuspassion aufgeführt
werden. In Leipzig hatte sie das Chorwerk mit den Thoma-
nern in der Thomaskirche gehört. Ostern rückte näher und
es wurde intensiver geprobt. Nach der Generalprobe in einer Kirche außerhalb von Landau war Martin froh, dass sie
von einem Kollegen im Auto mitgenommen worden waren.
Er fühlte sich nicht wohl.
Die Aufführung sollte am zweiten Osterfeiertag in der

Stiftskirche stattfinden und im ZDF übertragen werden. Die Familie war informiert. Martin, im schwarzen Anzug, stand schon aufbruchbereit im Treppenhaus. Eva wollte gerade die Wohnungstür abschließen, als er weiß im Gesicht wurde: »Mir wird schlecht!«

Sie konnte gerade noch verhindern, dass er die Treppe hinunterstürzte. Mit Hilfe des Nachbarn brachte sie ihn in die Wohnung und legte ihn aufs Bett. Der Hausarzt kam, er wohnte zum Glück im Nachbarhaus, und machte ein EKG.

»Vor etwa vierzehn Tagen hat Ihr Mann einen Herzinfarkt gehabt. Ist Ihnen nichts aufgefallen?«

Eva dachte verzweifelt nach: »Doch, wir sind nach einer Bibelstunde am späten Abend nach Hause gefahren, da musste mein Mann anhalten. Er bekam keine Luft, und hinter dem Brustbein quälten ihn Schmerzen.«

»Sie hätten mich rufen sollen. Jetzt bringt ein Krankenhausaufenthalt nichts mehr. Er muss sich ausruhen und in einer Rehaklinik behandelt werden.«

Am Abend riefen die Kinder an. »Was ist los? Wir haben euch auf dem Bildschirm nicht gesehen!« »Vati ist krank geworden. Er hatte vor zwei Wochen einen stillen Herzinfarkt.« »Oh Gott!« Kristina fing an zu weinen.

In der Nacht lagen sie nebeneinander in dem wunderschönen neuen Bett. Eva hielt Martins Hand, bis er einschlief. Sie wusste, was ein Infarkt bedeutete. »Wie viele Infarkte kann sein Herz aushalten: einen, zwei, höchstens drei? So lange haben wir aufeinander gewartet, und jetzt soll alles zu Ende sein? Himmlischer Vater, das kannst du doch nicht wollen! Was soll ich alleine in dieser fremden Stadt?« Eva weinte still vor sich hin.

»Nicht weinen, Evchen, ich bin doch noch bei dir!«, sagte

Martin leise. Am anderen Tag ließ sie ihn nur aufstehen, wenn er auf die Toilette musste. Sie brachte ihm die Waschschüssel ans Bett. Vom Essen rührte er kaum etwas an.

»Du hast dir die Flitterwochen bestimmt anders vorgestellt.« »Hauptsache du lebst!«, antwortete sie. Ihr fiel ein alter Traum ein: Sie war Martin nach vielen Jahren im Zug von Leipzig nach Prag begegnet. Er saß in einem Rollstuhl. War das eine Vorahnung?

Vom Arbeitsamt bekam sie die Aufforderung, sich im Altenheim der Diakonie vorzustellen, und wurde als Krankenschwester eingestellt. Sie konnte Martin nicht in die Rehaklinik begleiten. An ihrem freien Wochenende besuchte sie ihn.

Ein strahlender Mann kam ihr entgegen. Er hatte im Gästehaus der Klinik für sie ein Zimmer gebucht. Eva war überrascht, wie gut er aussah. Beim Auspacken der Sachen berichtete er von den Vorträgen, die auf seinem Therapieprogramm standen: »Ein Psychologe sagte, wir sollten nach einem Infarkt keine Angst vor dem Alltag haben und das Leben wie gewohnt weiterführen. Nur Übertreibungen vermeiden. Das gilt auch für die Liebe. Es ist unwahrscheinlich, dass ein Mann beim Verkehr einen Herzinfarkt bekommt.« Er sah Eva sehnsüchtig an.

»Meinst du, dass es dir gut tut?« Martin nickte.

Dann lag sein Kopf auf ihrer Brust: »Ich will doch noch ein paar Jahre mit dir zusammenleben, jetzt, wo es mir wieder gut geht.«

Später sprach Eva mit dem Stationsarzt. Er war mit Martins Befinden zufrieden. Es sei nur ein kleiner Herzinfarkt gewesen.

Am nächsten Tag führte Martin seine Frau durch das Gelände.

»Dort, auf dem Flachdach, landet fast jeden Tag der Hubschrauber und bringt auch junge Patienten ins Herzzentrum.«

Nach vier Wochen holte Eva ihren Mann von der Klinik ab. Er wollte sich die Kur nicht verlängern lassen. Auf der Heimfahrt eröffnete sie ihm, dass sie sich in einer Fahrschule angemeldet habe.
»Ich habe auch schon daran gedacht«, erwiderte Martin. »Dann können wir uns beim Autofahren abwechseln.«

In der Kirchenleitung berieten die Brüder, wo man Martin nun einsetzen könnte. Die Gemeine Neugnadenfeld benötigte einen zweiten Pfarrer. Dort sollte er bis zur Rente arbeiten. Eva und Martin freuten sich über die neue Aufgabe. Martin würde nicht mehr so oft unterwegs sein. Beide wären den ganzen Tag zusammen, und Eva könnte ihn unterstützen.

Die Bewohner von Neugnadenfeld waren Flüchtlinge aus Polen. Nach dem Krieg hatte Bischof Steinberg sie gesammelt und mit staatlicher und kirchlicher Unterstützung im Emsland angesiedelt. Die Älteren kannten noch Martins Vater, den letzten Präses des polnischen Diasporawerkes der Brüdergemeine im damaligen Polen.
Martin und Eva hatten ihr Umzugsgut noch gar nicht ausgepackt, da wurden sie schon vom Ältestenrat, dem jungen Amtsbruder und vom Bläserchor mit einem Ständchen vor ihrem Haus begrüßt.
Sie wohnten neben der Kirche in einem der kleinen Siedlungshäuser aus rotem Backstein. In zwei Räumen war das Vorsteheramt, die Verwaltung, untergebracht. Das Dorf lag auf dem Gelände eines ehemaligen Kriegsgefangenenlagers.

Die Gefangenen mussten das Moor trockenlegen. Jeder Quadratmeter Bauernland war hier mit dem Tod von ungezählten russischen Kriegsgefangenen bezahlt worden. Man erinnerte sich nicht gern an diese Zeiten. In der Nähe des Dorfes gab es den so genannten Russenfriedhof. Auf einer Gedenktafel stand: »Ca. 600 unbekannte Russen sind hier begraben.« Ein Einheimischer hatte Martin verraten, dass es mindestens 6000 Kriegsgefangene gewesen sind.

Eines Tages meldete sich die Vergangenheit zurück. Martin bekam einen Anruf von einer benachbarten katholischen Gemeinde. Es hätten sich bei ihnen drei Weißrussinnen aus Lwòw (Lemberg) gemeldet, die auf der Suche nach ihrem verschollenen Bruder seien.

Am Nachmittag kam dann der Besuch, zwei alte Frauen mit Kopftüchern und eine Jüngere. Martin zeigte ihnen den Friedhof. Nicht ein einziger Name stand auf dem Gedenkstein. Eine große Wiese, bedeckt mit herbstlichem Laub von Bäumen, die das Gelände begrenzten. Die Jüngere pflanzte ein Blumenstöckchen in die Nähe des Gedenksteins. Eine der alten Frauen sagte, jetzt wisse sie endlich, dass ihr Bruder tot sei. Dann knieten sie nieder und weihten still den Ort.

Martin wollte alle Gemeindeglieder persönlich kennen lernen. Es war üblich, dass der Pfarrer an Geburtstagen die Leute besuchte. Die Geburtstagsgesellschaft griff erst zur Kaffeetasse, nachdem der Pfarrer die Losung gelesen hatte. Die Männer aus dem Osten waren schweigsame Leute. Bevor sie nicht einen Schnaps zu sich genommen hatten, kostete es Mühe, sie zum Reden zu bringen. Wenn Martin sie jedoch an die Kirchenfeste in der alten Heimat erinnerte, fingen sie mit glänzenden Augen an zu erzählen.

»Erinnert ihr euch noch an die vielen Feste?«, fragte er in die Runde.

»Das Kinder-, das Ehechorfest, das Jugendbundfest und natürlich das Missionsfest«, antwortete Bruder Gruber. »Die Posaunen - und die Sängerfeste«, ergänzte Schwester Zwick. »Aus der ganzen Umgebung sind sie mit ihren Fuhrwerken zu uns nach Leonberg gekommen, und wir haben in der großen Scheune von Max gefeiert.«

»Von Gombin, Stanislawow, Powschin, Königsdorf.«

»Und von Maschewo sind wir zu euch gefahren«, warf Schwester Peluschke ein, die aus diesem Ort stammte.

Die Besuche häuften sich. »Nicht wahr, Bruder Schein, du kommst doch heute Nachmittag zu meinem Geburtstag!« Um Martin zu entlasten, ging Eva zu den Frauen. Dort war es lustiger. Es wurde gesungen und getratscht. Die Entwicklung der Kinder und Kindeskinder war immer ein beliebtes Thema. Eva wurde nach ihrer Familie ausgefragt. »Wie viele Kinder hast du? Wie viele Kinder hat dein Mann? Habt ihr schon Enkelkinder?« Sie beantwortete alle Fragen.

Neugnadenfeld lag nur 13 Kilometer von der holländischen Grenze entfernt. Die Geschwister aus den niederländischen Brüdergemeinen waren gern gesehene Gäste. Besonders die Surinamer in ihrer Völkervielfalt bereicherten mit den bunten Trachten und Liedern die Missionsfeste. In den Niederlanden leben etwa 270.000 Surinamer. Vor der Unabhängigkeit von Surinam (1975) hatten sie aus wirtschaftlichen und sozialen Gründen ihr Land verlassen. Die Evangelische Broedergemeente (so heißt die Brüdergemeine in Surinam) ist die zweitgrößte christliche Kirche.

Zum Missionsfest wurden, wenn das Wetter mitspielte, auf der großen Wiese unter den Bäumen vor der Kirche lange Tische und Bänke aufgestellt. Die Schwestern hatten gekocht. Meistens waren es Speisen mit Hähnchenfleisch. Die Surinamer aßen kein Schweinefleisch. Am Nachmittag wurden die wunderbarsten Kuchen und Torten angeboten. Die Neugnadenfelder Schwestern waren tüchtige Köchinnen und Bäckerinnen.

Der Bläserchor spielte nicht nur geistliche Lieder, sondern auch Märsche und sogar Tanzmusik. Damals auf der Flucht hatte Schwester Bauer vier Blasinstrumente mitgenommen. Die bildeten die Grundlage für den Bläserchor in der neuen Heimat. Und weil es in der Barackenkirche keine Orgel gab, übernahmen die Bläser die Begleitung der geistlichen Gesänge.

Das ganze Jahr über arbeiteten die Schwestern im Missionsschwesternkreis an kunstvollen Handarbeiten. Eva wurde aufgefordert, diesen Kreis zu leiten. Sie trafen sich einmal in der Woche reihum bei jeder Schwester in der Wohnung. Eva las eine Geschichte oder einen Bericht aus der Mission vor und die Frauen stichelten an ihren Werken. Die eine strickte Socken, eine andere stickte an einer Decke. Zum Missionsfest kamen die Leute aus der Umgebung und kauften im Basar die Handarbeiten. Jedes Jahr kamen so ein paar tausend Mark zusammen, die an die Herrnhuter Missionshilfe überwiesen wurden. Weil Eva mit Vorlesen beschäftigt war, musste sie ihre Decke zu Hause fertig sticken. Martin fand die Decke so schön, dass er sie beim Missionsfest zurückkaufte.

Die Niederlande waren Eva aus den Erzählungen ihrer Eltern bekannt. Im Ersten Weltkrieg hatte man ihren Vater in der Nähe von Utrecht interniert. Er durfte sich frei bewegen und bekam sogar Urlaub nach Leipzig. Ihre Mutter wurde während der Hungerjahre nach dem Krieg als Kind zu einer holländischen Familie geschickt und dort herausgefüttert.

Erst die Besetzung der Niederlande durch die Deutschen im Zweiten Weltkrieg machten aus den guten Nachbarn Feinde. Die Bombardierung von Rotterdam haben die alten Holländer den Deutschen bis heute nicht vergessen.

Immer öfter bekamen Martin und Eva Besuch aus der DDR. Sie fuhren mit den Gästen über die Grenze in die Niederlande und freuten sich an ihrem Staunen, dass sie an der Grenze nicht kontrolliert wurden.

Wenn Eva und Martin in Neugnadenfeld die Decke auf den Kopf fiel, fuhren sie mal eben nach Coevorden in eine andere Welt. Die kleinen, niedrigen Häuser waren nicht wie in Neugnadenfeld alle gleich gebaut. Sie standen zwar dicht beieinander, aber jedes hatte seinen eigenen Stil. Am Abend, wenn die ersten Lichter in den Häusern angingen, sah man die Familien beim Abendbrot sitzen. Die Fenster waren nicht wie in Deutschland durch Gardinen verschlossen. »Wir haben vor der Welt nichts zu verbergen!«, sagten die frommen Reformierten.

Zum Abschluss der Ökumenischen Bibelwoche sollte Martin in Nordhorn in der Altreformierten Kirche predigen. Er hatte die Predigt seiner Frau vorgelesen. Das tat er öfter. Er wollte seine Gedanken mit ihr teilen.

Schon zeitig waren sie an diesem Abend von zu Hause losgefahren. Martin musste sich mit dem fremden Umfeld vertraut machen. Eva saß in der ersten Reihe. Mit Besorgnis stellte sie fest, dass ihr Mann an einem Stehpult predigen sollte, nicht wie in den Brüderkirchen sitzend am Liturgustisch. Sie fühlte seine Unsicherheit. Schon die ersten Sätze kamen zögerlich. Er blickte Eva an. Es war ein Flehen in seinen Augen. Martins Stimme wurde immer leiser. Er hielt sich am Stehpult fest. Dann fiel er langsam in sich zusammen.

Ein Stöhnen lief durch die Reihen. Eva stürzte nach vorn und bettete seinen Kopf in ihren Schoß. Sie holte Kreislauftropfen aus der Tasche und träufelte sie ihm in den Mund. Martin kam wieder zu sich. Ein fremder Mann und Eva führten ihn in die Sakristei. Draußen lief der Gottesdienst weiter. Es interessierte sie nicht mehr, wie es dort draußen weiterging.

Am nächsten Tag wurde Eva im Dorf angesprochen: »Wie geht es deinem Mann? Muss er ins Krankenhaus?«

»Nein, es war ein Kreislaufkollaps. Er soll sich schonen.«

»Grüße ihn von mir. Ich wünsche ihm gute Besserung.«

Eva übermittelte Martin die Grüße und Wünsche. Die Anteilnahme der Gemeinde tat ihm gut.

Wie sollte sie ihren Mann schützen? »Du musst Stress vermeiden und dich auf jeden Vortrag gut vorbereiten!«, bat sie ihn.

Wenn er am Sonntag Predigtdienst hatte, drängte sie ihn schon am Montag, sich an seine Predigt zu setzen. »Ich kann nur unter Druck schreiben«, erwiderte Martin. Er wollte nicht ermahnt werden. »Du wirst wieder in der Versammlung schlapp machen.« Das wollte er auf keinen Fall und setzte sich am Montag an den Schreibtisch.

Mittwochs wurden die Kranken besucht, die in Nordhorn im Krankenhaus lagen. Martin ging zu den Männern und Eva zu den Frauen. Er war froh, das er nicht zu den Frauen gehen musste. Die Intimität in den Krankenzimmern und die eindringlichen Gerüche waren ihm unangenehm.

Auf Evas Besucherliste stand eine junge Frau, die an Unterleibskrebs erkrankt war. Sie wurde nach einer Behandlung entlassen, musste aber erneut ins Krankenhaus. Sie hatte drei schulpflichtige Kinder und einen schweigsamen Mann. Das Ehepaar konnte nicht über die Krankheit sprechen oder sich Gedanken über die Zukunft machen. Aber Martins Besuche tat ihnen gut. Wenn er ins Haus kam, führte er den Mann und die Kinder ans Bett der Mutter. Er las tröstende Stellen aus der Bibel vor. Alle sangen ein bekanntes Lied aus dem Brüdergemeingesangbuch, und Martin betete für den Schutz der Familie. Als die Frau heimging – so nennt man das Sterben in der Brüdergemeine –, bestand die Familie darauf, dass Martin die Beerdigung übernahm.

Der Amtsbruder war im Urlaub, und ein alter Mann von auswärts musste beerdigt werden. Martin kannte die Angehörigen. Sie stammten aus der alten Heimat.
Der Weg von der Kirche zum Gottesacker zog sich hin, besonders wenn es so heiß war wie in diesem Jahr. Am Morgen war Eva zum Friedhof gefahren, hatte einen Klappstuhl in den Büschen versteckt und das Auto auf dem Parkplatz abgestellt. Die Begräbnisliturgie konnte auch sie lesen. Das Fläschchen mit den Kreislauftropfen steckte in der Kostümjacke. Sie wollte nichts dem Zufall überlassen.
Martin ging hinter dem Sarg. Vorneweg gaben die Bläser das Tempo an. Sie schritten diesmal besonders langsam. Am offenen Grab las Martin die Liturgie. Wenn er doch nicht so dicht an der offenen Grube stehen würde, sorgte sich Eva. Die Gemeinde sang den Vers:

Befiehl du deine Wege und was dein Herze kränkt
der allertreusten Pflege des, der den Himmel lenkt.
Der Wolken, Luft und Winden gibt Wege, Lauf und Bahn,
der wird auch Wege finden, daß dein Fuß gehen kann.

Paul Gerhardt

Die Bläser bliesen, der Segen wurde über die versammelte Gemeinde gesprochen ... und nichts geschah! Warum wurde der Sarg nicht ins Grab gelassen?

Martin ließ wieder ein Lied singen:

»Nun ihr entschlafnen Glieder!
So legen wir euch nieder,
zu ruhen in der Erd;
es kommen Zeit und Stunden,
da ihr kraft seiner Wunden
ihn sehen und ihm gleich sein werd't.«

Er rezitierte neue Verse. Wieder geschah nichts. Nur vom Ende des Gottesackers klang ein dumpfes Rumoren und Klopfen herüber. Die Trauergemeinde sang und sang.

Schließlich kam ein Bruder mit Gurten angerannt. Die Träger legten sie unter den Sarg und ließen ihn langsam in die Erde gleiten. Auf dem Heimweg im Auto fragte Eva: »Was ist passiert?«

»Die Träger haben die Gurte vergessen und den Schlüssel zum Geräteschuppen zu Hause liegen gelassen. Der musste aufgebrochen werden.« Am Abend schmiegte sie sich im Bett an ihn: »Mein Prinz, du bist so tapfer gewesen!«

Evas ältester Sohn Jens hatte inzwischen einen Ausreiseantrag gestellt. Entgegen ihren Befürchtungen konnte er nach einem Jahr ausreisen. In Gießen wohnte er während der Aufnahmeprozedur bei Martins Tochter. Er musste nicht ins Sammellager. Im gleichen Jahr bekam er einen Studienplatz.

Auf dem Weg nach Vechta, wo sie Jens ins Studentenheim bringen wollten, fuhr Martin mehrmals falsch. Sein Orientierungssinn hatte nachgelassen. Hing das mit dem Herzinfarkt zusammen? Sie durfte nicht vergessen, den Hausarzt danach zu fragen. Nun saß sie am Steuer und fuhr am Kanal entlang das letzte Stückchen bis nach Hause. »Du fährst zu schnell! Hast du nicht das Verkehrsschild gesehen?« »Kritisier mich nicht. Ich fahre doch nur 60 Stundenkilometer.« Ärgerlich fuhr sie weiter. »Fahr doch nicht durch die Schlaglöcher, die Achsen gehen kaputt.« »Jetzt reicht's!« Wütend hielt sie an und machte die Türe auf. »Steig aus, wenn ich dir zu schlecht fahre.« Er sagte kein Wort mehr. Am anderen Tag nach einer Dienstfahrt meinte er: »Du bist heute aber prima gefahren.«

Benjamin berichtete in seinen Briefen von den Leipziger Montagsdemonstrationen. Er hatte ein Plakat getragen mit der Aufschrift: »Es lebe der demokratische Sozialismus!« Jeden Montag demonstrierte er mit seinem Vater. Eva zitterte um ihren Jüngsten. Aus der Ferne konnte sie nicht einschätzen, ob er in Gefahr war.

Dann überschlugen sich die Ereignisse. Honecker wurde abgewählt. Gegen seinen Nachfolger Egon Krenz, der sich plötzlich einen Demokraten nannte, demonstrierte das Volk. 500000 Menschen votierten in Berlin auf dem Alexanderplatz für demokratische Reformen. Das Politbüro trat geschlossen zurück. Günther Schabowski, ein Politbüromitglied, verkündete die sofortige Öffnung der Mauer.

Ein Wunder war geschehen! Niemand konnte sie mehr hindern, den Sohn, die Verwandten und die Freunde zu besuchen. Martin und Eva schwammen im Glück.

In der Weihnachtszeit häuften sich die Veranstaltungen. Martin arbeitete zwar mit dem jüngeren Kollegen zusammen, aber er war nicht gesund. Da gab es die Adventsingstunden, die Weihnachtsfeiern, das Abendmahl, am Heiligen Abend die Kleine Christnacht, die Große Christnacht, die Versammlungen am ersten und zweiten Weihnachtsfeiertag. Außerdem musste der Jahresbericht geschrieben werden. Eva konnte ihren Mann nicht entlasten. Sie ging hinauf in sein Arbeitszimmer und stellte ihm eine Tasse Kaffee und frisch gebackene Kekse auf den Schreibtisch.

»Wie weit bist du mit dem Jahresbericht?«

»Noch gar nicht angefangen. Ich muss für morgen die Adventsingstunde vorbereiten.«

»Heute Abend ist Ältestenratsitzung.« »Auch das noch!«

In diesem Jahr hatte sie von einem Bauern eine Gans gekauft. Sie konnte sich die Schönste aussuchen. Der Bauer schnappte sich das Tier, ging zum Hackklotz, und mit einem Schlag war der Kopf ab. Die Gans lag noch warm in ihrem roten Federkleid im Keller. Eine Nachbarin hatte Eva gezeigt, wie man eine Gans rupft, immer gegen den Strich.

Nach dem Abendbrot ging Eva in den Keller und Martin zur Ältestenratsitzung. Es war die letzte Sitzung im Jahr, und da ging es lockerer zu. Von oben her konnte sie die Stimmen hören. Solange die Gans warm war, ging das Rupfen leicht. Die groben Federn kamen in den Müll, die feinen Flaumenfedern wollte sie aufheben und Martins Oberbett verlängern. Seine Beine guckten manchmal unter dem Deckbett hervor.

Es war ein Riesenvieh. Die Kinder wollten Weihnachten zu Besuch kommen. Eva rupfte und rupfte und hörte über sich die Schwestern aus dem Ältestenrat kichern. Eine lustige Sitzung! Martin war nicht zu hören. Er dachte wohl daran, was er noch alles vorzubereiten hatte.

Stunden waren vergangen und die Gans gerupft. Oben wurde immer noch getagt. Martin getraute sich bestimmt nicht zu gehen! Ein Blick auf die Uhr: in einer Stunde Mitternacht. Eva wurde wütend; ihr armer Mann war müde und unter Zeitdruck, und die Sitzung wurde in die Länge gezogen.

So wie sie war, mit der Schürze voller Federn, den nackten Riesenvogel schwingend, stürmte sie in die Sitzung: »Jetzt ist genug geschwätzt, mein Mann ist zum Umfallen müde und ich muss auch ins Bett.«

Bestürzt sahen alle Eva an, rafften ihre Papiere zusammen und verschwanden.

Nach den Feiertagen musste sie den Arzt rufen, weil Martin unter Atemnot, Schmerzen im linken Oberarm und Übelkeit litt.

»Sofort ins Krankenhaus«, sagte der Arzt.

»Mein Gott«, flehte Eva, »lass es nicht wieder einen Herzinfarkt werden!«

Sie war nicht bereit, Martin herzugeben. Sie würde nie dazu bereit sein!

Man legte ihn auf die Intensivstation. An Apparate angeschlossen, mit Schläuchen an das Bett gefesselt, nur durch dünne Stellwände von den anderen Leidenden getrennt, fand sie Martin vor. Die Geräte surrten ununterbrochen. Er reagierte kaum, als sie an seinem Bett stand.

Ein Oberarzt erklärte: »Ihr Mann war sehr unruhig, wir mussten ihn ruhig stellen. Er scheint recht schwierig zu sein.«

»Was sagen Sie da, er ist der liebenswürdigste Mensch, den ich kenne!« Eva dachte: »Das ist ein feindlicher Ort. Sie haben ihn mir weggenommen. Sie wollen uns trennen. Das lasse ich nicht zu.«

Jeden Tag fuhr sie ins Krankenhaus und verließ ihren Platz an seiner Seite erst, wenn man sie zum zweiten Mal dazu aufforderte. Fremde Mächte hatten sich wieder zwischen sie und Martin gestellt. Eva wütete still gegen die Maschinen, die ununterbrochen surrten, aber Leben bedeuteten. Gegen das ganze Krankenhauspersonal, besonders gegen die Ärzte, die nicht in der Lage waren, den Infarkt zu stoppen. Martin war ihr Kind geworden, das sie brauchte. Sie würde nicht von seiner Seite weichen. Sie würde um ihn kämpfen.

Vier Wochen war er diesmal im Krankenhaus, und seine Frau litt mit ihm. Danach musste er in eine Rehaklinik. Eva begleitete ihn. Sie wohnte in einer Pension und kurte am Vormittag. In Gedanken war sie bei ihrem Mann. Nach seiner Mittagsruhe ging sie in die Klinik und blieb, bis er abends ins Bett ging.

Solange Eva bei Martin war, machte er sich keine Sorgen. Man hatte ihm mitgeteilt, dass er nun in Rente gehen konnte. Endlich keine beruflichen Verpflichtungen mehr!

Seinen 60. Geburtstag feierten sie in aller Stille in Evas Pension. Martin blieb über Nacht bei ihr. Er schmiegte sich an seine Frau: »Ich möchte doch noch ein paar Jahre mit dir zusammen sein.«

Sie lauschte auf seinen Atem; er holte tief und regelmäßig Luft. »Wie viele Geburtstage werden wir wohl noch feiern?« Ab jetzt war jeder Tag mit ihm gezählt.

Eva und Martin fanden in Königsfeld im Schwarzwald eine Ruhestandswohnung. Sie wohnten im Diasporahaus, wo früher die Missionare auf Heimaturlaub und die Auswärtigen für eine bestimmte Zeit in der Ortsgemeinde lebten.

Vor 200 Jahren suchten die Brüder einen Stützpunkt zwischen Basel und Neuwied und die Erweckten (Pietisten) in Württemberg einen Ort, wo sie fernab der Städte ihre Kinder ausbilden lassen konnten. Ein Diasporapfleger (Missionar) und ein Kaufmann entdeckten den Hörnlehof. Land wurde hinzugekauft. 1807 baute man das erste Haus in Königsfeld, das Gemeinlogie (Gasthaus). Heute ist Königsfeld ein Ort der Schulen und Internate und ein Kurort.

Martin wollte im Ruhestand in einer Ortsgemeinde leben. Er sagte zu Eva: »Überall wo Brüdergemeine ist, bin ich zu Hause.«

Und Königsfeld, von Tannenwäldern umgeben, in 800 Metern Höhe gelegen, war ein schönes Zuhause.

»Jeden Tag werden wir spazieren gehen«, sagte Eva.

Nach dem zweiten Herzinfarkt litt Martin unter Luftnot. Manchmal mehr, manchmal weniger. Sein Gesundheitszustand war vom Wetter abhängig. Sie mussten ihr Leben nach seinem Befinden einrichten. Manchmal hatte er überhaupt keine Lust, sich anzuziehen und eine Runde zu drehen. Eva gelang es aber immer wieder, ihn zu einem Spaziergang zu überreden.

So auch an diesem Tag. Sie gingen am Waldrand entlang und blickten auf Königsfeld. »Ist das nicht ein schönes Bild?«, wollte Eva ihren Mann aufmuntern. Martin strich sich mit der Hand über den rechten Arm und sagte: »Es läuft etwas den Arm hinauf, in die Schulter, am Hals, jetzt ist es im Kopf. Mir wird schlecht!« In panischer Angst sah sie sich nach einer Bank um und ließ ihn setzen. Großer Gott, nicht schon wieder! »Soll ich das Auto holen?« »Nein, bleib bei mir!«

Sie setzte sich zu ihm und nahm seine Hand. Lange sagten sie nichts. »Ist es gut so?« »Wenn du da bist, ist es gut.« Wieder saßen sie still nebeneinander. Eva sah nicht auf die Uhr.

Dann stand er langsam auf, und sie schlichen nach Hause. So wie er war, legte er sich auf das Bett und schloss die Augen. Eva zog ihm Schuhe und Hosen aus. Seine Füße waren kalt. Sie rieb sie zwischen ihren Händen. Als er warm geworden war, schlief er ein. Sollte sie den Arzt rufen? Der würde Martin ins Krankenhaus einweisen. Nur das nicht! Nach jedem Krankenhausaufenthalt kam Martin verändert nach Hause.

Ihre Wohnung lag im ausgebauten Dachgeschoss und war viel kleiner als die alten Dienstwohnungen. Den Vormittag verbrachte Martin meistens an seinem Schreibtisch, für den Eva einen Platz im Schlafzimmer gefunden hatte. Sie brachte ihm um 10 Uhr die Zeitung. Manchmal fiel ihr auf, dass er ohne eine Tätigkeit am Schreibtisch saß. Gegen elf stellte sie ihm eine Tasse Kaffee hin; die Zeitung war immer noch gefaltet. Ein anderes Mal beantwortete er Briefe oder klebte Fotos in die Alben. Sein Befinden änderte sich fast täglich.

Martins Tochter Gerhild lebte inzwischen mit Mann und drei Kindern in einem Kibbuz in Israel. Sie hatten Martin und Eva eingeladen. Es war Winter. Vielleicht war das für Martin eine günstige Reisezeit, weil er die Hitze nicht vertrug. Der Hausarzt hatte keine Bedenken gegen die Reise. Außerdem könnten sie Benjamin mitnehmen, der nun nach der Wende in jedes westliche Land reisen durfte. Trotzdem zögerte Eva. Sie sollte die richtige Entscheidung treffen. Sie musste aber auch Martins Willen respektieren. Weil er sich so sehr auf ein Wiedersehen mit seiner Tochter freute, bestellte sie die Flugtickets.

Sie flogen von Stuttgart nach München. Dort trafen sie Benjamin, der von Leipzig kam. Martin und Benni freuten sich wie Kinder auf Israel. Der Ältere erzählte von seinen Reisen in das Heilige Land, und sie besprachen, was sie sich alles ansehen wollten. Eva beruhigte sich und freute sich über den Eifer der beiden. Beim Starten des Flugzeuges ergriff sie Martins Hand. Er glaubte, dass sie sich fürchtete, bei ihm Halt suche, und tätschelte liebevoll ihre Hand. Dabei fühlte sie seinen Puls. Der ging ruhig und gleichmäßig. Nach der zweiten Flugstunde teilte der Kapitän mit, dass die Maschine nicht wie vorgesehen in Tel Aviv landen, sondern einen Umweg über Elat machen würde. Eine Binnen-flugmaschine sollte sie zum Zielflughafen bringen. »Was ist los?«»Warum machen wir einen Umweg über Elat?« »Aber in Tel Aviv wartet der Schwiegersohn auf uns!«

Keine Antwort. »Nun müssen wir dreimal starten und landen«, dachte Eva. »Hoffentlich hält Martin durch. Vielleicht war es ein Fehler, außerhalb der Saison zu fliegen.«

Klaus musste drei Stunden in Tel Aviv warten. Sie kamen erst in der Nacht im Kibbuz an. Martin und Eva schliefen in dem schlichten Hotel; Benjamin in der Jugendherberge. Um diese Jahreszeit gab es kaum Gäste. Sie schliefen traumlos. Martin sah erholt aus. Nach dem Frühstück kamen die Enkelkinder in das Restaurant gestürmt und umarmten die Großeltern. Martin strahlte vor Familienglück. Das Personal schien die Kleinen zu kennen. Sie bekamen etwas zum Knabbern zugesteckt.

»Wo sind denn Mama und Papa?« »Zu Hause, wir sollen euch abholen.«

»Und wie geht es dem Brüderchen?«»Gut, es schläft den ganzen Tag.«

Anna drehte sich ungeduldig auf den Absätzen hin und her, nahm den Opa an die Hand und führte ihn in die Siedlung.

Die Familien wohnten in kleinen, auf den ersten Blick idyllischen Einfamilienhäuschen, leicht gebaut und nur für den Sommer geeignet. Gerhild umarmte alle zur Begrüßung. Nach der Geburt ihres Jüngsten musste sie noch nicht in der Rosenzucht arbeiten. Aber nach einem halben Jahr würde das Baby in der Krippe versorgt werden, Anna im Kindergarten und der Große die erste Klasse im Nachbarkibbuz besuchen.

Das Häuschen war ebenerdig und nur im Wohnzimmer

heizbar. Vom Frühjahr bis tief in den Herbst spielte sich das Leben auf der Terrasse ab. Hinter dem Haus standen riesige Kakteen. Anna hatte sich einmal eine rote Frucht abpflücken wollen, war dabei ausgerutscht und in die Kakteen gefallen. Über und über mit Stacheln gespickt, hatte Gerhild die Spieße mit der Hand und die winzigen Nadeln mit einer Pinzette herausgezogen.

Das Baby war inzwischen aufgewacht und wurde in den großen Kibbuz-Speisesaal mitgenommen. An langen Tischen saßen alle zusammen, mit jungen Praktikanten und Mitarbeitern. Das lärmte und lachte durcheinander. Die Enkel kamen mit gehäuften Tellern und stopften sich das Essen mit den Fingern in den Mund. Martin machte ein bedenkliches Gesicht. Eva schwieg. Das Essen wurde von russischen Einwanderern gekocht und schmeckte fabelhaft. Das Baby machte die Runde von einem Mädchenarm zum anderen. Es jauchzte und strampelte vor Wohlbehagen. Seine Mutter konnte indes in Ruhe essen.

»Bist du müde?«, fragte Eva ihren Mann. »Es ist so laut hier.«

Er war froh, als er den Speisesaal verlassen konnte, um sich im Hotel auszuruhen. Am Nachmittag gingen sie wieder zu den Kindern. Daniel, der älteste Enkel, zeigte stolz sein Schreibheft. »Schreib doch mal einen Satz in Hebräisch!«, forderte ihn die Oma auf. »Mama«, vergewisserte sich Daniel, »ich schreibe von rechts nach links, wie in der Schule?« Gerhild nickte. Und er schrieb ganz konzentriert ‚Ich bin Daniel‘ auf Hebräisch. »Und jetzt schreibst du den gleichen Satz in Deutsch«, sagte Gerhild. Der Junge sah sie fragend an: »Von links nach rechts?« »Ja«, antworteten alle.

Seine Mutter übte mit ihm Deutsch, damit er in Deutschland den Anschluss nicht verpassen würde.

Martin saß auf dem ramponierten Sofa. Die Möbel wurden

von einer Familie an die andere weitergegeben, bis sie auseinanderfielen. Anna balancierte auf der Sofalehne. Eva sah zu Martin hinüber, weil die Kleine plötzlich ruhig geworden war und auf den Opa starrte.

Martin verdrehte die Augen und kippte in Zeitlupe langsam auf die Seite. Eva sprang hinzu, legte seine Beine hoch und fühlte den Puls ... nicht tastbar! Mit dem Ohr an seiner Brust hörte sie keine Herztöne. Kalter Schweiß stand auf seiner Haut. Aus seinem Mund floss Speichel. Mit einem Waschlappen und kaltem Wasser fuhr sie ihm über das Gesicht. Er wachte kurz auf. »Es ist nichts«, sagte Martin, fiel wieder zurück und war nicht mehr ansprechbar. Es dauerte eine Ewigkeit, bis er wieder zu sich kam. Nun war eingetreten, was Eva befürchtet hatte. Gerhild schluchzte.

Der Schwiegersohn sagte: »Ich habe den Notdienst gerufen!«

Endlich kam der Arzt und legte eine Infusion an. »Was ist los mit meinem Mann?«, fragte Eva. Der Arzt konnte es ihr nicht erklären, er sprach nur Russisch und Iwrit.

Man brachte Martin ins Zentralkrankenhaus nach Nahariyya. Klaus fuhr mit Eva hinterher. Am Eingang des Krankenhauses zeigte er auf ein niedrigeres Gebäude: »Hier wurde unser Baby geboren.«

Eva konnte nur mit dem Kopf nicken. Geburt und Tod lagen so eng beisammen.

In der riesigen Eingangshalle saßen Menschen aus aller Herren Länder. Irgendwo ging eine Tür auf, die Leute hielten gespannt inne, ein Name wurde gerufen, und sie redeten weiter in ihrer Sprache. Eine arabische Putzfrau kippte einen Eimer Wasser auf den Fußboden; zwei Männer wischten mit Scheuerlappen das Schmutzwasser auf.

Endlich wurden sie aufgerufen. Ein Arzt erklärte, dass Martin im Krankenhaus bleiben müsse.

»Wie lange?« »Das wird sich herausstellen.« »Kann ich zu meinem Mann?« »Nein, morgen zur Besuchszeit.«

Nun war Eva wieder allein in ihrem Hotelbett, in einem fremden Land. Sie streckte den Arm aus, Martins Platz war leer. Es schien, als wäre sie die Einzige im großen stillen Haus. Benni schlief gegenüber in der Jugendherberge. Ach, hätte sie ihn doch bei sich schlafen lassen! Sie weinte in die Dunkelheit hinein. Dann stand sie auf und zog sich den Mantel über. »Ich brauche Luft.« Sie öffnete das Fenster. Draußen hatte es aufgehört zu regnen. Wolkenfetzen zogen am Mond vorbei. Ganz hinten, bei den Kakteen, bewegte sich etwas! Ein Schatten? Ein Mensch? Es kam über die Straße, winkte. Ihr Schwiegersohn, mit einem Schlüssel in der erhobenen Hand. Brachte er nun die furchtbare Nachricht? Sie hörte ihn im Hausflur, auf der Treppe und öffnete ihm ihre Zimmertür.

Seine Augen leuchteten: »Übermorgen wird Martin entlassen. Sein Bettnachbar, ein Apotheker, hat eben bei uns angerufen.«

»Mein Gott, was bin ich froh!«

Die Kinder weckten Eva am nächsten Morgen. Sie kamen mit ins Restaurant und aßen Opas Brötchen auf.

Später fuhren sie alle ins Krankenhaus. Martin lag in einem Dreibettzimmer. Er war noch ein bisschen benommen, lächelte Eva aber entgegen. Sein Nachbar, der Apotheker, sagte, es sei nur ein Kreislaufkollaps gewesen. Das Zimmer war voller Besucher. Alle redeten durcheinander. Die Enkel wollten auf Opas Bett kriechen. Sie zogen die Aufmerksamkeit der Erwachsenen auf sich. Eine willkommene Abwechslung. Nur nicht an Krankheit erinnert werden!

Martin war zurückgekehrt. Alle im Kibbuz nahmen Anteil.

Sie drückten ihm und Eva die Hand. Aus Freude über seine Genesung ging Eva in den kleinen Souvenirladen und kaufte sich ein silbernes Kettchen mit einer Menora. Die Verkäuferin gratulierte Eva zur Genesung ihres Mannes. Im Speisesaal lachten die Jugendlichen Martin entgegen. Er nahm keinen Anstoß mehr an dem Krach und an ihren schlechten Tischmanieren.

Wenn Eva und Benjamin einen Ausflug machen wollten, blieb Martin bei seiner Tochter.

Der Schwiegersohn kannte einen alten Juden. Er war Fremdenführer in »Lochhameha ghettaot«, dem Holocaust-Museum des Kibbuz. Überlebende des Warschauer Gettos hatten diesen Kibbuz gegründet und ein Museum erbaut zur Erinnerung und Mahnung an den Ort ihres Leidens und der Vernichtung ihrer Angehörigen. Eva hatte Angst vor dem Besuch. Ein Leben lang würde sie sich als Deutsche für die Verbrechen im Zweiten Weltkrieg und an den Juden schuldig fühlen. Aber sie wollte nicht ausweichen. Auch Benjamin sollte sich ein Bild machen. Der alte Fremdenführer sah sie nicht an. In seinen Ausführungen wandte er sich nur an Klaus und Benjamin. Hielt er sie für schuldig? Andere Führer begleiteten Schulklassen.

Ein Weg wie eine Straße führte in das Innere des Gebäudes. Dichte Häuserattrappen standen an beiden Seiten. Es wurde immer enger und dunkler – es war die Straße, die ins Getto führte. Alte Koffer lagen herum und Brillen. Auch verlorene Schuhe am Straßenrand. Es ging nach unten, immer tiefer, und alle fröstelten. Plötzlich Schienen über dem Weg – die eiserne Straße in die Vernichtungslager, ohne Rückkehr.

»Mein Gott«, dachte Eva, »wie hast du gelitten beim Anblick der Verbrechen deiner Kinder. Konntest du sie nicht daran hindern?«

Draußen schien die Sonne. Ihre Strahlen reichten nicht aus, die Frierenden zu erwärmen.

Martin war bei Gerhild und den Kleinen besser aufgehoben.

Die Kinder hatten ihr Auto nach Israel mitgenommen. Ein alter Schlitten, der noch immer seine Dienste tat. Gerhild wollte mit Benjamin und Eva einen Ausflug machen, über die Berge von Galiläa nach Safed und weiter zum See Genezareth. Sie fuhren zeitig los. Es war Freitag, der Tag vor dem Sabbat. Klaus und Martin würden sich die Zeit zusammen vertreiben.

Auf der Landstraße von Akko fuhren sie gen Westen hinauf in die Berge. Um diese Jahreszeit waren die Sträucher und Bäume noch grün. Kurvenreich ging es weiter bergauf. Der höchste Berg von Galiläa, der Meron, tauchte auf und beherrschte immer deutlicher das Bild. In etwa 800 Metern Höhe lag an den Straßenrändern frisch gefallener Schnee.

»Das glaubt uns niemand, dass wir in Israel Schnee gesehen haben!«

»In der Nähe der Stadt Safed gibt es einen Aussichtspunkt mit einem herrlichen Blick auf den See Genezareth«, verkündete Gerhild.

Die Worte waren noch nicht verklungen, da gab es einen Knall; das Auto fing an zu schlingern und Gerhild konnte es gerade noch zum Stehen bringen. Erschrocken stiegen sie aus: »Einen Platten, wir haben einen Platten!«

»Freitagnachmittags sind hier schon alle Werkstätten zu!«

»Hast du einen Ersatzreifen?« »Nein, der ist schon aufgezogen.«

Der Verkehr war in dieser Gegend gering. Aber jedes Auto, das vorbeikam, hielt an, ob sie helfen könnten. Dann kam ein Wagen mit jungen Männern, die Gerhild lustig anblitzten: Sie seien vom »Moshav Meron«, etwa einen Kilometer entfernt, sie würden das Auto abschleppen und den Reifen reparieren. Es blieb uns nichts anderes übrig, als ihnen zu vertrauen. Vor der Werkstatt untersuchten die Männer den Reifen und zogen einen Nagel heraus. Nach der Reparatur wollten sie kein Geld annehmen, aber Gerhilds Adresse haben. Doch Eva steckte dem einen 10 Dollar in die Tasche. Durch den Zwischenfall hatten sie viel Zeit verloren. Den See Genezareth besahen sie sich von oben. Auf die Besichtigung von Safed mussten sie auch verzichten, weil es schon spät war.

Benjamin wollte noch eine Woche in Jerusalem bleiben. Aber Eva und Martin flogen ohne weitere Zwischenfälle zurück nach Deutschland.

Die Krankheit nimmt ihren Lauf

Martin konnte keine Dienste mehr in seiner Kirche übernehmen. Donnerstags besuchten sie die Bibelstunde. Er hörte sich still die Auslegungen seiner jüngeren Kollegen an und hatte nicht das Bedürfnis, ihnen hineinzureden. An jedem Samstag war abends Singstunde. Auch dorthin gingen sie regelmäßig. Aber es ärgerte ihn, wenn er nicht schnell genug die Liedverse heraussuchen konnte. Manchmal schob ihm Eva ihr aufgeschlagenes Liederbuch zu.

Mit Sorge beobachtete sie, wie schnell seine geistigen Fähigkeiten abnahmen. Sie kannte Leute, die ebenfalls einen Herzinfarkt gehabt hatten, aber geistig völlig auf der Höhe waren. Litt Martin an Alzheimer? In Neugnadenfeld gab es eine Frau, die ihrem Mann ständig hinterherlief und sich nicht mehr alleine anziehen konnte. Die Leuten sprachen von Alzheimer.

Eva teilte ihrem Hausarzt ihre Befürchtungen mit. Er gab ihr eine Überweisung an ein Röntgeninstitut für eine Computertomographie. Martin wurde mit dem Kopf voran in eine Röhre geschoben. Er musste ganz still liegen bleiben. Eva bekam eine Bleischürze umgebunden und stand an seiner Seite. Er ließ sich alles gefallen.

Von seinem Kopf wurde eine Vielzahl von Röntgenaufnahmen gemacht. Ein älterer Arzt erklärte Eva die Aufnahmen.

»Sehen Sie hier die Schatten«, er deutete mit seinem Bleistift auf die Bilder, »das ist alles Bindegewebe, wo viele kleine Hirninfarkte das Nervengewebe zerstört haben.«

Zunächst war sie erleichtert, dass es kein Alzheimer war. Aber der Arzt sah sie ernst an: »Sie werden es noch sehr schwer mit Ihrem Mann haben.« Was redete dieser Mensch. Niemand kannte Martin so gut wie sie. Gewiss, sein Kurzzeitgedächtnis hatte in der letzten Zeit nachgelassen. Aber er musste ja nicht mehr arbeiten und konnte sich ausruhen. »Ich brauche ihn«, dachte sie. »Ich brauche ihn auch nachts, wenn die Angst hochkriecht und ich mich an ihn schmiegen kann und seine schwere Hand mir die Ängste wegstreichelt.« Sie erzählte niemandem von diesem Arztbesuch.

Eines Tages kam Eva vom Einkauf zurück. Martin hatte Besuch. Eine junge Frau saß in der Wohnküche und unterhielt sich angeregt mit ihm. Zunächst dachte sie, es wäre eine Freundin von Tochter Kristina, die in Freiburg wohnte. Vielleicht wollte sie etwas abgeben. Dann fiel ihr Blick auf eine Mappe mit Zeitschriften, die auf dem Tisch lag.

»Sieh mal«, sagte Martin lebhaft, »ich habe eine Geo abonniert.«

»Ihr Mann war so freundlich, mir ein Abonnement abzukaufen. Ich bin Studentin und mache ein Praktikum beim Schwarzwälder Boten. Ich bekomme kein Geld und muss mir etwas dazuverdienen.«

»Meine Tochter studiert in Hamburg«, sagte Martin stolz.

Was sollte Eva sagen, ohne ihn bloßzustellen? Das Abonnement war teuer. Die Frau packte ihre Mappe ein und verschwand. Eva dachte nach. »War sie überhaupt eine Studentin?« Sie brauchte sich nur beim Schwarzwälder Boten zu erkundigen. Niemand kannte dort eine Studentin, die als Praktikantin arbeitete.

»Mein Guter, die freundliche junge Frau hat uns angelogen.«
Sie machte das Abonnement rückgängig.

Jetzt war es dringend notwendig, auch die Sache mit den monatlichen Abbuchungen zu klären. Eva ging mit den Kontoauszügen zur Bank und wollte wissen, wer schon zum zweiten Mal 250 DM von Martins Konto abgebucht hatte. Es war eine Lotteriegesellschaft. Empört schrieb sie der Firma, was ihnen einfiele, schon zum zweiten Mal diesen Geldbetrag abzubuchen. Die Firma schickte ihr einen Vertrag mit Martins Unterschrift.
»Aber Martin, warum hast du für so eine windige Sache deine Unterschrift gegeben?«
»Ich wollte doch auch mal im Lotto gewinnen!«
Erst nach etlichen Briefen gelang es ihr, den Vertrag rückgängig zu machen. Jetzt bekam sie Angst, dass Martin ähnlichen Unsinn machen könnte. Gab es denn keinen Schutz? Geschäfte an der Tür abwehren oder Angebote unterscheiden, das konnte er nicht mehr.

Alle zwei Jahre trafen sich die Ruhestandspfarrer mit ihren Frauen in Thüringen. Eva musste stundenlang auf der Autobahn fahren. Martin konnte sie nicht mehr ablösen. Öfter ruhte sie sich auf einem Parkplatz aus.
Wo war eigentlich die alte Zonengrenze? Ihr Verlauf hatte sich verwischt. »Weißt du noch, wie die Zöllner uns bei der Übersiedlung zwangen, sämtliche Kartons im Schneegestöber zu öffnen?«
Martin nickte: »Das werde ich nie vergessen!« »Wo sind denn die alten Zollgebäude?« »Ich nehme an, abgerissen.« »Hier müsste es gewesen sein, wo sie uns an der Grenze ihre Macht spüren ließen.«

Sie waren ein bisschen verunsichert, weil alles so anders aussah. Martin fand sich nicht mehr zurecht: »Du hast dich verfahren, dreh um!«

»Aber Martin, ich kann doch auf der Autobahn nicht umdrehen.«

»Dreh um, ich will raus!« Er rüttelte an seiner Tür. Er wollte tatsächlich während der Fahrt aussteigen. Eva bekam panische Angst.

»Bist du verrückt, du bringst uns um«, schrie sie los.

Da kam er zur Besinnung und lehnte sich in seinem Sitz zurück. Später, auf der Rückreise, ließ sie ihn auf dem Rücksitz Platz nehmen. Dort war keine Tür.

Martins Bruder war auch zu dem Treffen gekommen. Am Abend erzählte sie ihm unter Tränen den Vorfall. Sie war sich nicht sicher, ob er ihr glaubte. Unter all den bekannten Gesichtern fühlte sie sich alleine gelassen. Martin hingegen hatte die Ereignisse auf der Autobahn längst vergessen. Inmitten seiner ehemaligen Kollegen und Freunde fühlte er sich wohl. Die Brüdergemeine in Deutschland ist klein und übersichtlich. Man kannte sich von Kindesbeinen an, durch die Kinderfreizeiten, die Jugendfreizeiten, vielleicht auch vom gemeinsamen Schulbesuch. Später gab es Studientage für die Brüderischen Studenten. Als Martin studierte, trafen noch ostdeutsche mit westdeutschen Jugendlichen zusammen. Andere sahen sich auf Synoden und Predigerkonferenzen. Trotz der Mauer kamen die Westberliner nach Ostberlin. Und mit etlichen Familien war man verwandt, wenn auch über viele Ecken. In diesem dichten Geflecht von Beziehungen fühlten sich die Hineingeborenen wohl. Die Hinzugekommenen hatten es jedoch schwer, sicheren Boden unter den Füßen zu finden. Dieses Problem hatte Eva noch nicht. Martin, der Pfarrer an ihrer Seite, oder besser gesagt Eva an der Seite von Martin, gehörte gewissermaßen zum inneren Kreis. Dort war der Boden festgestampft von den Füßen vieler Generationen; dort stand man sicher.

Die Vorträge drehten sich um die charismatischen Gruppierungen in Herrnhut. Schon seit den siebziger Jahren gab es in Herrnhut und zeitweise auch in anderen Gemeinden Zusammenkünfte von Menschen, die entgegen der Zinzendorf'schen Theologie ihre eigenen frommen Vorstellungen hatten. Sie vertraten die Erwachsenentaufe und Geistheilungen und lehnten die Liturgien der Brüdergemeine ab. Die Kirchenleitung war sich nicht einig, wie sie mit diesen Gruppierungen umgehen sollte. Erschwerend kam hinzu, dass man sich nicht gegen die eigenen Familienmitglieder entscheiden wollte, weil viele junge Leute, auch die eigenen Kinder, die Veranstaltungen der charismatischen Gruppen besuchten. Niemand wollte dem anderen wehtun. Am liebsten sprach man gar nicht über diese Probleme.

Martin und Eva lebten nicht in Herrnhut. Es betraf sie also nur indirekt. Sie hatten andere Probleme: Martins fortschreitende Krankheit.

Ein Ausflug in die Umgebung stand auf dem Programm, diesmal nach Erfurt. Der Weg vom Bahnhof in die Innenstadt wurde zu Fuß zurückgelegt. Vorbei an dem Platz des alten Universitätsgebäudes, wo Luther gelehrt, und zur Michaeliskirche, wo er gepredigt hatte. Am Augustinerkloster konnte Martin mit der Gesellschaft nicht mehr Schritt halten, und er ging mit Eva langsam hinterher. Auf dem Domplatz angekommen, fehlte ihm die Kraft, die vielen Stufen zum Dom und der Severikirche hinaufzusteigen. Er hätte sich so gerne im kühlen Kirchenschiff ausgeruht. Nun saß er mit Eva in einem Café, dem Dom gegenüber. Er war einsilbig und bedrückt. Seine Behinderung war ihm bewusst geworden. Mit den Senioren, also seinesgleichen, konnte er nicht mehr Schritt halten.

Am nächsten Tag nach dem Mittagessen kam der Abschied. Ein alter Amtsbruder drückte Martin lange die Hand: »Wenn wir uns in dieser Welt nicht mehr sehen, dann aber bestimmt dort oben!«, und er deutete mit seiner rechten Hand zum Himmel.

In Neugnadenfeld wurde das neue Gemeindehaus eingeweiht. Eva und Martin hatten noch die Planung und die Grundsteinlegung erlebt. Sie folgten nun der Einladung zur Einweihungsfeier. Der Gemeindepfarrer von Königsfeld hatte Martin gebeten, ein Grußwort zu überbringen. Sie fuhren vom tiefen Süden bis in den Norden von Deutschland. Martin freute sich auf seine Neugnadenfelder.

Der kleine Ort war überfüllt mit Gästen. Martin und Eva waren beim Hähnchenzüchter Müller zu Gast. Bruder Müller war Ältestenratsmitglied und erzählte Martin, wie sie den Bau trotz vieler Hindernisse fertig gestellt hatten.

Am nächsten Tag saßen Martin und Eva während des Festgottesdienstes in der zweiten Reihe. Die Predigt, von einem Mitglied der Kirchenleitung gehalten, war lang und ausführlich. Dann kamen die Gratulanten. Martin schritt ziemlich zum Schluss zum Liturgustisch, und Eva hielt die Luft an. Umständlich und stockend überbrachte er die Grüße aus Königsfeld und erinnerte an seine eigene kurze Tätigkeit in Neugnadenfeld. Eva war sicher, dass seine Gemeinde ihn gemocht hatte und nun von den mühsamen Worten gerührt war. Aber ein Pfarrer machte zu einem Kollegen eine abfällige Bemerkung. Eva, die unmittelbar hinter den beiden saß, kochte vor Wut.

Die Schlüsselübergabe spielte sich vor dem Gemeindehaus ab. Eva verfolgte den Bruder, der es gewagt hatte, sich über ihren Mann zu erheben. Sie würde ihn zur Rede stellen!

Doch immer wieder war dieser Mensch von anderen umringt. Es gelang ihr nicht, ihn alleine zu erwischen. Dann musste sie sich wieder um Martin kümmern, damit er noch etwas von dem wunderbaren Kuchen der Neugnadenfelder Schwestern abbekam.

Dem Kalender nach war es Frühling. Sie wollten ihn sehen, riechen, greifen. Im Schwarzwald matschte noch der Winter auf den Straßen und Schnee lag zwischen den Bäumen. Eva und Martin sehnten sich nach Wärme. Sie beschlossen, dem Frühling entgegenzufahren.

»Wo werden wir wohnen?«, fragte Martin.

»Dort, wo es uns gefällt. Um diese Jahreszeit bekommen wir überall Quartier.«

Es war eine Fahrt ins Blaue. Bereits in der Baar schien die Sonne durch die Frontscheibe. Die Sonnenblende hatten sie heruntergeklappt. Hinter den Vulkanbergen lag der Bodensee.

Als Benjamin vor Jahren den See zum ersten Mal sah, sagte er: »Ich hätte gar nicht gedacht, dass der Bodensee so groß ist!«

Bald würde die Wasserfläche sich vor ihnen dehnen und strecken. In der Nähe von Ludwigshafen tauchten die weißen Spitzen der Segelboote auf. Hinter Bäumen, halb versteckt, zeigte sich das Wasser als blassblaues Band und darüber ein blassblauer Himmel.

Vor der Klosterkirche Birnau machten sie Halt. Die Parkplätze waren leer. Unter den Hängen mit den Weinstöcken lag der See. An den Reben hingen kleine Knospen.

Im Kirchenschiff empfing sie heitere Stille. Nur wenige Besucher liefen leise durch die Gänge. Über ihren Köpfen tummelten sich kleine fette Barockengel. Pastelltöne und Gold spielten im Licht. Martin und Eva saßen nebeneinander auf der Bank. Wortlos drückte er ihre Hand. Er dankte ihr, dass sie ihn hierher gefahren hatte.

»Es ist gut, dass es neben unseren einfachen, weißen Kirchensälen auch diese heiteren, bilderreichen Kirchen gibt.«

Weiter ging es nach Süden, immer am Wasser entlang, bis nach Meersburg. In der Unterstadt suchten sie einen Parkplatz. Breit und behäbig lag das »Hotel zum Schiff« vor ihnen.

»Sollen wir uns hier ein Zimmer mieten?« Martin nickte.

»Bitte ein Doppelzimmer, erster Stock, Seeseite!« Sie bekamen ihr Zimmer.

Beide standen am geöffneten Fenster. Vor ihren lag der See und ein glückliches Wochenende.

In der Gaststube saßen sie am Fenster und bestellten Bodenseefelchen. Nur wenige Leute gingen auf der Seepromenade spazieren. Ganz anders im Sommer, als sich die Massen der Tagesgäste vorbeischoben und die Sicht versperrten.

»Schmeckt der Fisch?« »Ausgezeichnet, ich werde die ganze große Portion aufessen.« Martin bestellte sich noch eine Schokoladenspeise hinterher.

Wieder im Zimmer war Eva zu träge, um den Koffer auszupacken. Nur die Toilettensachen kramte sie heraus. Als sie aus dem Bad kam, lag Martin schon im Bett.

»Komm«, flüsterte er rau, öffnete seine Arme und fühlte ihren warmen Leib. Dann schaute sie gerührt auf seinen alten Körper und in sein entspanntes junges Gesicht.

Am Nachmittag schlenderten sie Arm in Arm die Uferpromenade entlang. Es schien, als glitzerte das Wasser reicher und die Möwen flögen übermütiger als am Mittag. Die Stadtgärtnerei hatte noch nicht die Palmenkübel herausgestellt. Nur wenige Terrassencafés waren geöffnet. »Ach«, sagte Eva, »sie haben die Promenadenbäume kastriert«, und zeigte auf die verstümmelten Äste. Martin lachte, sah sich aber um, ob jemand ihre Worte gehört hatte.

Sie liefen bis zum Ende des Weges, dort, wo auf der linken Seite vertäute Segelschiffe schaukelten und rechts die Wasser an die Uferbefestigung klatschten. Wieder dieser besondere Geruch nach Fischen, Seegras und Algen! Eine Bank war frei. Sie hielten ihre Bleichgesichter in die Sonnenstrahlen. Aneinander gelehnt schlossen sie die Augen. Ein kühler Wind erinnerte daran, dass es erst April war; sie standen auf und gingen den gleichen Weg zurück.

»Morgen besichtigen wir die Meersburg.« »Oder die Kunstausstellung im neuen Schloss.«»Oder wandern am Bodensee entlang.«

»Oder bleiben den ganzen Tag im Bett und hängen das Schild heraus ‚Bitte nicht stören!‘« »Aber Martin, dazu müssen wir doch nicht an den Bodensee fahren.«

1924 hatte ein Arzt in Königsfeld einen Förderverein mit dem Namen »Geistige Nothilfe« gegründet. Dieser Verein wollte nach der Inflationszeit junge Künstler und besonders Musiker unterstützen. Auch als Konzertsaal war der Kirchsaal der Brüdergemeine geeignet. Die Geistige Nothilfe veranstaltet heute noch regelmäßig Konzerte und hat ein festes Publikum.

An einem Samstagnachmittag hatten Eva und Martin ein Konzert besucht. Martin war müde. Das lange Sitzen in dem überfüllten Saal war anstrengend gewesen. Auf dem Rückweg musste er im Treppenhaus nach jeder zweiten Stufe verschnaufen. Es dauerte eine Ewigkeit, ehe sie in den zweiten Stock in ihre Wohnung kamen.

»Wir müssen umziehen!«, dachte Eva. »Eines Tages kann er die Wohnung nicht mehr verlassen.«

In Königsfeld sind leere Mietwohnungen rar. Besonders ältere Leute schätzen die gute Luft, die günstige Lage und die geistige Vielfalt, die dieser Ort bietet. Eva musste lange suchen, ehe sie eine Parterrewohnung fand. Am Umzugstag wurde Martin von Kristinas Schwiegermutter, die in Schramberg wohnte, abgeholt und versorgt. Der Hausmeister vom Vorsteheramt (die Verwaltung der Brüdergemeine) half Eva beim Umzug. Er hatte einen Lastwagen gemietet und brachte Jugendliche von den Jungen Erwachsenen als Helfer mit. Am Abend, die neue Wohnung war notdürftig eingerichtet, kam Martin gut gelaunt nach Hause und erzählte, wo er mit Friedel überall gewesen sei.

Im neuen Haus lebte im ersten Stock ein freundliches altes Ehepaar. Sie sagten, sie hätten darum gebetet, dass Gott ihnen liebe Mitbewohner schicken würde. In der Dachwohnung wohnte Schwester Lau. Ihr Vater hatte als Bischof vor 35 Jahren Martin in Herrnhut ordiniert.

Eines Tages war Eva zum Bäcker gegangen – nur eben um die Ecke. Als sie zurückkam, stand die Wohnungstür offen und Martin war weit und breit nicht zu sehen. Seine Straßenschuhe standen noch im Hausflur. Er musste in Hausschuhen losgelaufen sein. Herr Schneider aus dem ersten Stock kam die Treppe herunter. »Haben Sie meinen Mann gesehen?« »Nein, heute noch nicht.«

»Er hat die Wohnung offen gelassen und ist nur mit seinen Hausschuhen verschwunden.«

Herr Schneider bot sich an, Martin im Kurpark zu suchen. Eva lief durch den Doniswald, ein Wäldchen, nicht weit von ihrer Wohnung entfernt. Zuerst auf den Hauptwegen. »Haben Sie einen alten Herrn gesehen, nur mit Hausschuhen an den Füßen?«

»Nein, tut mir Leid«, erwiderte der erstaunte Kurgast und schüttelte mit dem Kopf. Sie hastete über die Nebenwege zum Donisweiher und wieder zurück. Eva hatte den gesamten Doniswald durchkämmt.

»Himmlischer Vater, lass mich Martin finden!«, murmelte sie vor sich hin und dachte an die verwirrte Schwester in Kleinwelka, die eine ganze Nacht verschwunden war. Zurück im Haus traf sie Herrn Schneider. »Tut mir Leid, ich habe Ihren Mann nicht gefunden.« Er sah Eva besorgt an, weil sie verweinte Augen hatte.

Sie ging die Friedrichstraße hinunter, über den Zinzendorfplatz, wo sie früher gewohnt hatten, zur Kirche. In ihrer Amtszeit in Neugnadenfeld gab es einen alten Pfarrer, der jeden Tag vor der Kirche stand und sich wunderte, dass kein Gottesdienst stattfand. Aber in Neugnadenfeld kannte jeder den alten Mann und brachte ihn zu seiner Frau zurück. Im Gemeindezentrum war Martin auch nicht. Eva entschloss sich, die Polizei einzuschalten. In der Dunkelheit war Martin verloren.

Sie betrat ihr Wohnhaus – und Martin kam die Treppe herunter.

»Wo bist du denn gewesen? Ich habe dich in ganz Königsfeld gesucht!« Ihr Kopf war knallrot und sie rang nach Luft.

»Ich war bei Schwester Lau und habe mit ihr geplaudert. Warum bist du nicht hochgekommen?«

»Ja, warum wohl, weil ich in Panik war und dich im Wald hilflos herumirren sah«, dachte sie.

Am nächsten Tag musste sie auf der Sparkasse Geld holen. »Ich komme gleich wieder und schließe eben die Wohnung ab.«

»Sperr mich nicht ein!« Sie sah seine bittenden Augen. Aber sie schloss doch ab, weil sie mit ihrer Kraft am Ende war.

Urlaub müssten sie haben nach der riesigen Aufregung. Eine Schwester gab Eva die Adresse einer Dame, die in Locarno-Minusio direkt am See etliche Ferienwohnungen zu vermieten hatte. Lago Maggiore, dort waren sie noch nicht gewesen. Evas Eltern schon; sie hatten als junges Paar in Ronco am Lago Maggiore Urlaub gemacht und viele Fotos mitgebracht. Die Mutter mit Pagenschnitt wie Asta Nielsen und ihr Vater in Knickerbockern und Polohemd. Die Eltern waren braun gebrannt und lehnten an einer Palme. Sie waren von Leipzig mit dem Motorrad über den Sankt-Gotthard-Pass gefahren.

»Was die mit dem Motorrad geschafft haben, kann ich mit unserem Auto auch«, dachte Eva.

Bevor sie losfuhr, studierte sie gründlich die Autokarte und schrieb die ganze Route auf einen Zettel, den sie in Sichtweite an das Armaturenbrett klebte. Martin konnte ihr nicht mehr beim Kartenlesen helfen. Sie musste auch seine Kleidung heraussuchen; reichlich Unterwäsche mitnehmen, die Medikamente nicht vergessen und eine Zusatzkrankenversicherung für Martin abschließen. Sehr zeitig losfahren, das war wichtig, denn sie fürchtete sich, in der Dunkelheit zu fahren.

Und dann ging es los, vom Schwarzwald um den Bodensee herum, hinein in die Schweiz. An der Grenze wurden sie durchgewinkt. Öfter machten sie Pause. Eva hatte einen Fresskorb mitgenommen.

»Warum hast du so viele Schnitten geschmiert?« »Die können wir noch in der Ferienwohnung essen. In der Schweiz sollen die Lebensmittel teuer sein.«

Eva beobachtete im Rückspiegel, wie sich die Schnellfahrer über ihr langsames Tempo ärgerten. »Regt euch nicht auf, Hauptsache, wir kommen sicher ans Ziel.« »Du fährst sehr gut«, lobte Martin seine Frau.

Stetig stieg nun die Straße an, und sie sahen in der Ferne hohe felsige Berge. »Da hinauf müssen wir noch fahren!«

Eva konnte nur mit dem Kopf nicken. Ihr war mulmig zumute. Die Felsenwand kam näher. Am Straßenrand ein Schild »Via-Mala-Schlucht«. In ihrer Jugend hatte sie den Liebesschmöker »Via Mala« von John Knittel gelesen. Die Gegend war schaurig wie der Roman, in dem die Kinder ihren tyrannischen Vater in die Schlucht werfen. Nur schnell vorbeifahren! Dann ging es 14 Kilometer durch den San-Bernardino-Tunnel und weiter in Serpentinen hinunter zum See. Was waren sie froh, als sie endlich ohne Zwischenfälle in Minusio ankamen! Martin hatte auf dem letzten Abschnitt der Strecke ihre Anspannung gespürt und kein Wort mehr gesagt.

In der Ferienwohnung aßen sie die mitgebrachten Schnitten zum Tee aus der Thermoskanne. Martin legte sich sofort hin.

Eva war noch zum Ufer gelaufen, hatte Schuhe und Strümpfe ausgezogen und mit den Zehen das Wasser gefühlt. Um den See standen die Berge, und an den Hängen ringsherum gingen die Lichter an.

Wieder zurückgekehrt, hörte sie ihn rufen: »Wo bleibst du nur, ich kann ohne dich nicht einschlafen!« »Mein verwöhntes Kind«, dachte Eva und legte sich neben ihn. Sogleich schlief er ein.

Während des Frühstücks auf der Terrasse sprengte die Wirtin ihre Rosen. Tausend Wassertröpfchen tanzten auf den Blättern. Rosenduft überall! Martin lehnte sich zufrieden in seinen Sessel zurück.

»Sie können die Liegestühle mitnehmen und tagsüber am Ufer stehen lassen«, sagte die Wirtin. Nur ein schmaler Weg und eine Wiese trennte sie vom See.

Sie lagen unter schattigen Bäumen. »Komm her, ich creme dich ein.« Martin kannte Evas empfindliche Haut. Gegen Mittag wurde es heiß.

»Ich gehe ins Wasser, kommst du mit?«

Eva schwamm hinaus. Warum kam er nicht hinterher? Martin blieb in der Nähe des Ufers. Er war ein guter Schwimmer gewesen. Vor ein paar Jahren waren sie im Schwarzen Meer noch weit hinausgeschwommen. Sie drehte sich um, kam zurück, umkreiste ihn im Wasser und hängte sich an seinen Rücken. Er sollte sie ziehen. Aber er wehrte sie mit den Schultern ab. Früher hätte er sie bespritzt und auf seine Arme genommen.

In Ascona drängten sie sich mit den Urlaubern durch die schmalen Gassen. Eva sah ihre Eltern vor siebzig Jahren vor sich. Damals waren weniger Menschen hier gewesen. Auch das Kopfsteinpflaster auf den alten Fotos in der Via Borgo war heute verschwunden.

Sie kamen an einem Schmuckladen vorbei. Ketten, Broschen und Ringe aus Korallen lagen im Schaufenster. Gewöhnlich interessierten Martin keine Schaufensterauslagen. Aber heute sollte sich Eva die reizenden Ohrringe kaufen.

»Die sind doch viel zu teuer«, wehrte sie ab.

Aber er ging in das Geschäft und kaufte die Ohrringe. Auf der Piazza setzten sie sich in ein Terrassencafé. Eva verschwand in der Garderobe und steckte sich die Ohrringe an. Auf ihrem Platz stand ein Cappuccino. »Sie stehen dir gut«, sagte Martin und rieb sein Knie an ihren nackten Beinen.

In der Nacht wälzte sich Eva im Bett hin und her. Am Vormittag hatte die Sonne ihre Haut verbrannt. »Warum schläfst du nicht?«

»Meine Haut juckt.« »Komm her!« Er streifte ihr das Nachthemd über die Schultern, hauchte seinen Atem über ihren nackten Rücken und zog sie an sich. Das Jucken hörte auf.

»Sie müssen unbedingt ins Verzascatal fahren«, riet die Wirtin. Auch Bekannte hatten von dem wilden Tal erzählt. Entlang des Gebirgsflusses fuhren sie in die Tessiner Alpen hinauf bis nach Sonogno. Im Sommer führte der Fluss wenig Wasser. Er hatte sich tief in die Granitfelsen eingegraben. Riesige abgeschliffene Gesteinsplatten lagen im Fluss. An zugänglichen Stellen sonnten sich Touristen. Halbstarke tobten im Wasser. »Das Wasser muss eiskalt sein«, meinte Martin.

Die bogenförmige Römerbrücke »Ponte di Lavertezzo« überspannte den Fluss. Im Strom der Ausflügler gingen sie über die Brücke.

»Wie lange wird die Brücke dem Ansturm gewachsen sein?«

»Nicht mehr lange.«

Sie sahen graue, verwitterte Bauernhäuser aus Granitgestein, auch die Dächer waren mit Granitplatten belegt. Etliche Häuser standen leer.

Hier waren die Sommer kurz und die Winter hart und lang, den Naturgewalten ausgeliefert. »Wovon leben die Einheimischen?«

»Vom Tourismus, Straßenbau und dürftiger Landwirtschaft.«

Nur ein paar Kilometer weiter unten wurden Eva und Martin wieder vom mediterranen Klima und einer verschwenderischen Landschaft empfangen.

Nach einem nächtlichen Gewitter regnete es ununterbrochen zwei Tage lang. Zunächst atmeten alle auf, weil die Luft sich abgekühlt hatte und die Erde getränkt wurde. Das kleine Rinnsal hinter dem Ferienhaus schwoll zu einem reißenden Bach an. Dunkelbraun mit Holz und Erde beladen, ergoss er sich in den See. Es schien, als sollte das Haus weggespült werden. Die Wirtin erklärte ihren Gästen, das sei normal. Jedes Jahr kämen heftige Sommergewitter und starke Regengüsse. Aber mehrmals am Tag lief sie in Gummistiefeln zum Bach und beobachtete das bedrohliche Gewässer. So schnell wie das Unwetter gekommen war, beruhigte es sich wieder. Und die Pflanzen trieben und blühten noch schöner als zuvor.

»Nur Martin verlassen die Kräfte!«, dachte seine Frau.

Auf der Rückfahrt machte ihm der starke Anstieg vom See bis hinauf in die Alpen zu schaffen. Er bekam Schwindelanfälle und Atemnot. Eva fuhr viele Parkplätze an, damit sich sein Organismus an die Höhenunterschiede gewöhnen konnte. Als sie die Alpen hinter sich gelassen hatten, fühlte er sich besser. Vor St. Gallen wollte er plötzlich in der Mittagshitze die Stadt besichtigen.

»Aber Martin, ich bin von der langen Fahrt fix und fertig. Wir fahren auf dem schnellsten Weg nach Hause.« Zunächst erwiderte er nichts. Aber nach einer Stunde sagte er plötzlich: »Du bist so mächtig!«

Der Satz ging ihr nicht aus dem Sinn. Sie wollte ihn doch nicht dominieren. Als Martin schlief, rief sie Erwin an, meldete sich zurück und wiederholte Martins Satz. Ihr Schwager beruhigte sie: »Du musst jetzt entscheiden, was vernünftig ist oder nicht.« »Das fällt mir so schwer. Ich weiß es, er leidet.«

Martin saß im Erker und wartete auf den Postboten. Er konnte die Briefe nicht mehr beantworten, sehnte sich aber nach jedem Brief. Seine vielen Bekannten sollten ihn nicht vergessen. Aber nach und nach schlief der Briefverkehr ein. Warum hatte die Jüngste wieder nicht geschrieben? »Sie wissen nicht, wie sehr du dich nach einem lieben Brief oder einem Anruf sehnst.« »Ich habe meiner Mutter jede Woche geschrieben.« »Ja, du warst mit deiner Mutter eng verbunden, aber vielleicht hättest du auch nicht gewagt, dich scheiden zu lassen, als sie noch lebte.« »Das könnte stimmen«, meinte er nachdenklich.

Eines Tages bekam Martin einen Brief von der Bank. Er sollte auf dem beigefügten Formular eine Unterschriftenprobe abgeben; man hatte seine Unterschrift auf der Überweisung nicht akzeptiert. Zunächst gab Eva ihm einen Schmierzettel und ließ ihn ein paarmal seine Unterschrift üben. »Was soll der Blödsinn?«, beschwerte er sich.

Nach langem Hin und Her schrieb er dann endlich seinen Namen auf den Vordruck. Die Buchstaben waren krakelig. Die Schrift geriet teilweise unter die Zeile. Aber ein weiteres Mal hätte er seinen Namen nicht geschrieben. Eva war verzweifelt. Sie ging zum Gemeindepfarrer und ließ sich Martins Unterschrift bestätigen. Außerdem schickte sie einen wütenden Brief an die Bank: »Falls Sie die Unterschrift meines Mannes nicht anerkennen, werden wir das Konto schließen.« Endlich kamen keine weiteren Forderungen.

Was würde nur werden, wenn Martin nicht mehr geschäftsfähig war? Mit Grauen dachte Eva an die Zukunft.

Zweimal im Jahr kam Erwin nach Königsfeld. Er nahm am Arbeitskreis für jüngere Geschichte der Brüdergemeine teil. Noch vor zwei Jahren war Martin Mitglied dieses Kreises gewesen. Eva war mit zu den Sitzungen gegangen. Der Kreis beschäftigte sich gerade mit der Flucht und Vertreibung aus den ehemaligen deutschen Gebieten im Osten.

Erwin hatte sich von Ursula, der Tochter von Bruder Schulze, ihre Tagebuchaufzeichnungen geben lassen. Sie beschrieb ihre Erlebnisse bei der Besetzung von Neudresden durch die Russen. Martin war zu dieser Zeit mit seiner Mutter und den Geschwistern auf der Flucht gewesen, und sie waren den Schulzes unterwegs begegnet. Er konnte sich noch gut an die dramatischen Ereignisse erinnern. Was aber im Einzelnen den Mädchen angetan wurde, das hatten die Jungen damals nicht begriffen. Darüber hatte man nicht gesprochen.

Martin saß in seinem Fernsehsessel. Es ging ihm gut. Sein Bruder war da und brachte neue Eindrücke mit. Besucher kamen nur selten. Martins geistiger Verfall war ihnen unheimlich. Sie wussten nicht, wie sie mit ihm umgehen sollten.

»Ich habe Ursula Schulzes Tagebuchauszug von den Ereignissen im Februar 45 mitgebracht. Sie erlaubt, dass ich sie euch gebe.« »Wie alt war Ursula damals?« »15½ Jahre.« »Mein Gott«, stöhnte Martin, »nur ein Jahr älter als ich!« Eva hatte ihm seine Brille geholt, und er las:
Losung am 1. Januar 1946:

Ich will in dir lassen übrigbleiben

ein armes, geringes Volk, die werden auf des Herrn Namen trauen.

Zeph.3,12

»Was mag diese Losung unserem armen Volk zu sagen haben? Möchte ich doch zu denen gehören, die auf dich trauen, Herr, wie es meine Losung vom letzten Jahr mir sagte: Ich traue auf den Herrn. Wenn ich das nicht hätte tun können, wie viel schwerer wäre mir dann dies schreckliche vergangene Jahr noch geworden. Ich will hier im Tagebuch neben dem diesjährigen Erleben auch an besonders eindrucksvolle Erlebnisse des Vorjahres zurückdenken [...].«

Bruder Schulze war Prediger im Warthebruch gewesen. Er wollte seine Gemeinde nicht im Stich lassen und kam mit seiner Familie und seinen Verwandten, die aufs Land evakuiert waren, hinter die russische Front.
Am 2. Februar kamen die ersten Russen ins Haus. Ein Offizier hob die 2-jährige Kusine Annegret auf den Arm und küsste das Kind. Ein anderer klaute Zigarren. Am 5. Februar kam eine Freundin mit ihren Töchtern, 15 und 16 Jahre

alt, die Ältere eben vergewaltigt. Daraufhin versteckten sich die Mädchen in einem Dachzimmer hinter einem Spiegelregal. Am 12. Februar musste die Familie samt Verwandten und Freunden das Haus verlassen; sie kamen bei entfernten Nachbarn unter.

»[...] am nächsten Vormittag«, so wurde der Bericht fortgesetzt, »kamen zwei Russen, einer mit seltsam haßerfüllten Augen, daß uns allen Angst wurde. Drei Frauen, darunter meine Mutti, sollten mit. Wir Kinder kapierten nicht wozu. Schließlich ging der eine mit Vati hinaus und schoß. Wir erstarrten vor Schreck, er schoß aber nur eine Taube, um an ihr zu erklären, daß die Frauen Geflügel zu rupfen hätten. Also gingen sie mit. Nach 1–2 Stunden kam eine der Frauen zurück, sie hatten sie vergewaltigt. Wir befürchteten für Mutti und die anderen das gleiche; später stellte sich heraus, es war zum Glück nicht der Fall gewesen. Vati ging den Feldweg zur Straße, um nach Mutti zu sehen. Plötzlich sahen wir ihn angerannt kommen. Es war ganz neblig, so daß wir ihn erst spät erkennen konnten. Ruth [Ursulas Schwester], Brigitte und Gerda versteckten sich so schnell wie möglich im Heu. Ich schaffte es nicht mehr, weil ich meinen Mantel nicht schnell fand. Sehr bald traten dann auch Russen ein. Ich saß wie immer bei den kleinen Kindern. Die Kerle wollten Gold. Auf die Oma richteten sie gleich die Pistole, als sie den Doppelring [Witwenring] nicht hergeben wollte. Vati wurde seinen Ehering auch los. Leider gerade da gerieten Frau S. und Mutti hinzu. Mutti, die ihren Ring schon jahrelang nicht herunterbekommen hatte, schaffte es auch jetzt nicht. Da zeigten die Kerle die Bewegung des Abhackens. Es schien wie ein Wunder, daß es dann doch noch glückte. [...]Am 14.2. vormittags ritten der schon erwähnte Leutnant und noch einer über den Hof. Bald danach kam ein Radfahrer den Weg herauf, und fragte nach ,Jaika' (Eiern) und allem möglichen. Er sah mich und deutete an, ich sollte mit ihm gehen ‚Hühner rupfen oder melken'. Ich weigerte mich und alle Umstehenden beteuerten, ich sei ein Knd und könne das noch nicht. Dadurch wütend geworden, richtete er auf Vati das Gewehr. Da stand ich auf und er sah nun, daß ich doch schon ziemlich groß gewachsen war. Ich sagte aber, ich ginge nicht mit, ich bliebe bei meinem Vater. Noch wütender, zerschoß er das Jesusbild in der Stube, da folgte ich schlußendlich, auch Schwester B. mußte mit.

Auf halbem Weg begegnete uns ein Reiter, es war der Leutnant vom Abend vorher. Ich dachte, er sei so gut, uns zu beschützen, und machte eine bittende Gebärde. Jedoch es kam anders, er ritt mit bis zum nächsten Haus, gab sein Pferd dem anderen, der mit Schwester B. weiterging. Im Gehöft redete er vom ‚Hühnerrupfen' und weil die Bewohner noch da waren, schritt er zu dem kleinen Nebenhaus. Erst tat er so, als solle ich mich da verbergen vor anderen Russen und ging fort. Aber dann drehte er sich um und alles Weigern nutzte nichts. [...] Als Schrecklichstes empfand ich, daß er mich dabei auch noch immer wieder abküßte, ekelhaft. Nachdem er mich zweimal gebraucht hatte, ließ er mich gehen. Vorher küßte er mich drinnen nochmals ab, ging bis zur Straße mit und dann noch einmal. Als ich schon ein Stück weg war und mich ängstlich umdrehte, kam er hinterher, und ich wagte nicht zu rennen. Endlich ließ er ab, und ich rannte, was ich konnte zurück. Vati und Mutti kamen mir schon entgegen.«

Martin saß in seinem Sessel und weinte. Hier stand es schwarz auf weiß, was mit den Frauen geschehen war.

Auch Erwin sah, dass sich Martins Zustand verschlechtert hatte. »Du kannst mit ihm nicht mehr alleine in den Urlaub fahren.«

111

»Das ist die einzige Abwechslung, die uns geblieben ist. Aber ich habe mir überlegt, wenn wir eine Ferienwohnung in der Nähe besäßen, könnten wir bei schönem Wetter nur ein paar Sachen zusammenpacken und sofort Urlaub machen.«

»Das könnt ihr doch auch in Königsfeld.«

»Hier kennt uns jeder, sieht Martin mitleidig an und fragt, wie es ihm geht. Neulich hat mich eine alte Schwester angesprochen. Auch sie habe ihren Mann ‚ausgepflegt‘.« »Was soll das heißen?«

»Sie hat ihn solange gepflegt, bis es ‚aus‘ war.«

»Was willst du machen?«

»Neulich habe ich mir in der Zeitung die Immobilienangebote angesehen. Am liebsten würde ich eine Wohnung am Bodensee kaufen. Aber dort sind die Wohnungen viel zu teuer.« »Wie wäre es im Hochschwarzwald?«

»Daran habe ich auch schon gedacht.«

Schließlich fand Eva in Schönwald eine kleine Ferienwohnung inmitten einer Anlage, direkt am Wald. Die Vorbesitzerin hatte die ganzen Möbel in der Wohnung gelassen. Sogar Geschirr und Handtücher waren in der Wohnung verblieben. Nur der Teppichfußboden musste erneuert werden. Eva kaufte im Bauhaus Fußbodenbelag und verlegte den Teppich selbst. Das war eine Riesenarbeit. Martin konnte ihr dabei nicht helfen. Sie schaffte es aber alleine. Danach sah die kleine Wohnung wunderschön aus.

In Schönwald erwartete sie ein vollständiger kleiner Haushalt. Auch Waschmaschinen standen im Keller. Manchmal waren sie die einzigen Bewohner im ganzen Haus. Es schien ihnen, als hätten einige Eigentümer vergessen, dass sie im Schwarzwald noch eine Ferienwohnung besaßen.

Jeden Tag ging Eva mit Martin in den Wald. Hier machte

es ihm nichts aus, einen Spazierstock zu benutzen. Bald kannten sie die Waldwege in der Umgebung. Wussten, wo Baumwurzeln und umgestürzte Bäume den Weg behinderten. Sie hatten Lieblingsbänke, die sie immer wieder aufsuchten. Zum Beispiel die Bank am Waldrand mit dem Blick ins Weißenbachtal. Der Bach schlängelte sich durch die Wiesen. Verstreut lagen einzelne Bauernhäuser im Schwarzwaldstil mit einem riesigen Dach über Wohnhaus, Stall und Heuschober. Von ihrer Bank aus beobachteten sie, wie ein fast verfallenes Gehöft in jahrelanger Arbeit zu einem Wohnhaus ausgebaut wurde.

Im Tal gab es zwei Gasthöfe. Wenn sie Lust bekamen, gingen sie nach einem Spaziergang dorthin essen. Es fiel Martin schwer, den Berg wieder hochzulaufen. Auf dem kurzen steilen Weg, hinauf durch die Wiesen, musste er alle zehn Schritte stehen bleiben und tief nach Luft schnappen.

Eva zählte laut: »Eins und zwei und ... !«, bis sie oben waren.

Im Keller ihres Schönwälder Hauses gab es ein Schwimmbecken und eine Saunaanlage. Martin durfte wegen seines hohen Blutdrucks die Sauna nicht benutzen. Wenn Eva alleine in der Sauna war, kam er nach einer halben Stunde in den Keller und holte sie ab. Er hatte Angst, dass sie vielleicht die Türe nicht mehr aufbekäme.

»Ich habe mich im Keller verlaufen. Beinahe hätte ich dich nicht gefunden!« Aber dann war er glücklich, wenn sie rosig und zufrieden im Bett neben ihm lag. »Du duftest so gut!«

Im Schwimmbecken stellte Eva bestürzt fest, dass Martin das Schwimmen verlernt hatte. Er konnte Arm - und Beinbewegungen nicht mehr koordinieren. Sie redete lange auf ihn ein, bis er sich auf ihren Arm legte. Dann strampelte er mit den Beinen wie ein Kind, das sich vor dem Wasser fürchtete. Nur im Becken herumplanschen, dazu hatte er keine Lust. Er setzte sich auf die Bank am Beckenrand und wartete, bis sie endlich aus dem Becken stieg.

Vor der Ferienanlage stand ein Telefonhäuschen. Eva berichtete ihrem Schwager Erwin von den neuesten Ausfällen. »Du musst dich damit abfinden. Es kann mit ihm nicht besser werden. Ich denke an euch.«

Das hieß: Ich bete für euch. Das tat sie auch jeden Abend. Trotzdem lag sie wach an Martins Seite und weinte still vor sich hin. »Evchen, warum weinst du?« »Ich habe Bauchschmerzen.«

Er streckte seinen Arm aus, legte seine große Hand auf ihren Bauch und streichelte ihre Seele.

Sie hatten in Schönwald eine nette Nachbarin, eine Dame aus Münster. Seit den siebziger Jahren besaß sie die Ferienwohnung und kannte alle Mieter, Nachmieter und deren Geschichten. Frau Kamphausen kam im Frühjahr und Herbst immer für zwei Monate nach Schönwald. Eva freundete sich mit ihr an. Als die alte Dame erfuhr, dass sie am gleichen Tag wie Eva Geburtstag hatte, war sie sehr angetan, denn sie glaubte an die Astrologie. Mit Hilfe eines Buches, aus dem sie die Konstellation der Sterne las, erstellte sie Horoskope. Evas Horoskop wurde ungenau, weil sie ihre Geburtsstunde nicht kannte und so auch nicht den Aszendenten. Martin hielt nichts von diesen Dingen und meinte, das sei alles Hokuspokus. Als Frau Kamphausen zum Kaffee kam, beteiligte er sich nicht an dem Gespräch. Er war regelrecht unhöflich zu der alten Dame.

Nach dem Mittagessen legte er sich hin. Dann lief Eva mit der Nachbarin in den Wald und suchte Pilze. Sie kannten die besten Plätze. Wie ein Wiesel huschte die Frau durch das Unterholz. Wenn Eva für eine Mahlzeit zu wenig Pilze hatte, gab Frau Kamphausen ihr von ihren eigenen ab. Stolz zeigte sie Martin den Ertrag. Im Pilzbuch suchten sie dann die Namen heraus.

Am Abend ging Martin zeitig ins Bett. Er schlief sofort ein. Es störte ihn nicht, wenn Eva noch las. Aber in der Nacht musste er immer mehrmals aufstehen und die Toilette aufsuchen. Er war dann so verschlafen, dass er nicht alleine zurecht kam und Eva ihm helfen musste. Manchmal erkannte er sie nicht und stieß sie zurück. Dann dachte sie an den Röntgenarzt, der vorausgesagt hatte, dass es mit Martin noch schwer werden würde.

In dieser Nacht musste sie sechsmal heraus. Gegen Morgen war sie fest eingeschlafen und hatte nicht gehört, wie Martin aufstand und sich im Bad zu schaffen machte. Ein gellender Schrei scheuchte sie hoch. Sein Bett war leer, ein Wimmern kam aus dem Bad. Vorsichtig schob sie die Tür auf. Da lag er nackt auf den Fliesen, über und über mit Schaum bedeckt, eingeklemmt zwischen Duschbecken und Kachelwand. Er konnte sich nicht befreien. Es war ernst! Angespannt, aber beherrscht beugte sie sich zu ihm herunter.

»Ich bin bei dir, sei ruhig. Jetzt wasche ich dir vorsichtig den Schaum ab und tupfe dich trocken. Und dann bringe ich dich ins Bett. Kannst du mir ein bisschen helfen?«

Seine langen Beine hatten sich ineinander verhakt. Als sie die Beine löste, stöhnte er leise. Dann drehte sie ihn auf dem Hintern aus der Ecke. Vorsichtig schob, rollte und hob sie ihn ins Bett. Am Steiß hatte er eine Schramme, sonst war äußerlich nichts zu sehen.

»Tut das weh?« Sie tastete seinen Rücken ab.

Er äußerte sich nicht, stand wohl noch unter Schock. Sie zog ihm den Schlafanzug an, fühlte den Puls. Der war kaum tastbar, schien aber ganz schnell zu schlagen. Eva zog sich

115

einen Hocker ans Bett. Erst einmal abwarten.

Martin wurde blass. Als sie ganz leicht über seine Stirn fuhr, zuckte er zusammen. Jede Berührung tat ihm weh. Sein Zustand verschlechterte sich. Die Nachbarin hatte ein Telefon. Eva rief den ärztlichen Notdienst an und beschrieb Martins Zustand.

Es dauerte nicht lange, da kamen zwei Sanitäter mit einer aufblasbaren Trage. Sie lagerten ihn mit großer Vorsicht.

»In welches Krankenhaus bringen Sie meinen Mann?«

Martins ängstliche Augen blickten sie an. »Habe keine Angst, ich fahre hinter euch her!«

Sie machte sich Vorwürfe, dass im Duschbecken keine rutschfeste Matte war. Er musste ausgerutscht und mit dem Rücken auf den Beckenrand aufgeschlagen sein.

Sie kam gerade hinzu, als Martin geröntgt wurde. Der diensthabende Arzt stellte eine Kompressionsfraktur des ersten Lendenwirbels fest. Martin musste im Krankenhaus bleiben. Eva wartete noch, bis er im Krankenhausbett lag.

»Habe keine Angst, jeden Tag werde ich dich besuchen!«

Er nickte mit dem Kopf und schloss die Augen. Sie beugte sich über ihn, drückte ganz leicht einen Kuss auf seinen Mund. Ein schlechter Geruch kam ihr entgegen.

Frau Kamphausen hatte auf Eva gewartet und eine Portion vom Mittagessen aufgehoben.

»Zuallererst müssen Sie etwas Warmes essen!«

Dann berichtete Eva vom Krankenhaus und wie Martin teilnahmslos im Bett gelegen hatte. Die alte Dame legte Eva die Karten.

»Ihr Mann wird wieder gesund.« »Sehen Sie den Unfall?«

»Nein, ich habe ihn nicht gesehen.«

Am nächsten Tag zur Mittagszeit – wieder im Krankenhaus. Die Oberschwester sprach sie an:

»Ihr Mann hat in der Nacht sein Bett verlassen und ist auf dem Korridor herumgeirrt. Wenn sich die Wirbel verschieben, bekommt er eine Querschnittslähmung.«

»Er hat die Toilette gesucht. Wenn mein Mann unruhig ist, rufen Sie mich an, ich komme sofort. Und in der Nacht bin ich bereit, bei ihm Sitzwache zu machen.« Sie riefen nicht an.

Unglücklich lag Martin in seinem Krankenhausbett. Das Essen stand unberührt auf dem Nachttisch. »Mein Guter, du musst ein kleines bisschen essen!«

Sie zerkleinerte ihm Fleisch, Gemüse und Kartoffeln und fütterte ihn. Sie redete ununterbrochen. Dabei wurde er abgelenkt und aß ein paar Häppchen. Zwischendurch ließ sie ihn aus der Tasse trinken. Dabei goss er sich den Tee über den Hals. Eva ging in die Küche und holte ihm eine Schnabeltasse. Nach dem Essen schüttelte sie sein Bett auf. Mein Gott, sie hatten ihm Pampers umgebunden! Eva zog Martin das Flatterhemd aus und seinen Schlafanzug an.

»Die Würde des Patienten muss gewahrt bleiben«, murmelte sie vor sich hin. Im Nachtschränkchen war ein Plastikbeutel mit eingenässter Unterwäsche. Sie beschloss, jeden Tag zu kommen und ihm frische Wäsche anzuziehen. Schon am Abend kam sie wieder und gab ihm das Abendbrot.

Als sie ihn am anderen Tag besuchte, war ein breiter Gurt über das Bett gespannt. Martin konnte sich nicht rühren. Hinter seinem Bett auf der Konsole lag ein Magnet. Damit öffnete sie den Magnetverschluss. Den Gurt packte sie in den Wandschrank. Am Abend war Martin nicht fixiert.

»Sie sollen merken, dass mir nichts entgeht!«, dachte Eva.

Zu Hause haderte sie mit Gott. »Wie kannst du es zulassen, dass Martin so gedemütigt wird?«

Ein Orthopädiehandwerker fertigte für ihn ein Korsett aus

Metall und Ledergurten an, damit seine Wirbelsäule ruhig gestellt wurde. Der Handwerker erklärte Eva, wie man das Gestell anlegte. Martin müsse es Tag und Nacht tragen.

Nach zehn Tagen sagte der Oberarzt: »Morgen können Sie Ihren Mann mit nach Hause nehmen, er wird entlassen. Sie sind Krankenschwester und können Ihren Mann besser versorgen, als es uns hier möglich ist.«

Am nächsten Tag nach der Visite zog sie Martin an, packte seine Sachen ein und holte von der Oberschwester die Papiere und ein Rezept. Eva gab ihr die Hand und sagte: »Der Fixiergurt liegt im Wandschrank im obersten Fach.«

Martin war überglücklich, als er das Krankenhaus verlassen konnte, und das Personal war erleichtert.

Zuhause gab er sich Mühe, Eva zu entlasten. Beim Betten hob er den Po, drehte sich von einer Seite zur anderen und machte alles, was Eva ihm sagte. Auch beim Essen zeigte er Appetit. Im Bett empfing er freudig ein paar Besucher. Sogar der Chor kam und sang Kirchenlieder.

Das Polsterbett erwies sich jedoch als unpraktisch. Es war viel zu niedrig und Eva bekam Rückenschmerzen, wenn sie Martin wusch oder ihm das Gestell anlegte.

Der Sommer war ungewöhnlich heiß. Besonders in der Nacht quälte ihn sein Korsett. Nach dem Waschen puderte Eva seinen Körper ein und legte Schaumstoff unter die Druckstellen. Aber es dauerte nicht lange, da drückte es an einer anderen Stelle.

Schnell hatte Martin das Krankenhaus vergessen, und Evas Bemühungen wurden ihm lästig.

Als er sich in der Nacht aus dem Bett schleichen wollte, wachte Eva zum Glück auf. Von nun an band sie seinen Bademantelgürtel an das Gestell und schlang sich das Ende um die Hand. Wenn er aufstehen wollte, gab es einen Ruck und Eva wachte auf.

Wie lange würde sie durchhalten? Jeden Abend betete sie um Kraft und Geduld. Sie war ihrem Mann nicht böse; er war krank und sie liebte ihn. Aber was würde sein, wenn sie die Pflege nicht mehr schaffte und selbst erkrankte? In einem Heim würde er verkommen, das wusste sie. In der Gemeinde wollte sie sich niemandem anvertrauen. Eines Tages besuchte sie der Gemeindepfarrer. Nach einer Viertelstunde schaute er auf seine Uhr. »Das hätte Martin nie gemacht«, dachte Eva.

Wenn Martin abends eingeschlafen war, rief Eva Erwin an und erzählte ihm ihre Sorgen. Er hörte sich alles geduldig an, und zum Schluss sagte er: »Du schaffst es, du bist stark, du schaffst es!«

Alle Welt nahm an, dass sie stark war. Auch die Kinder kamen mit ihren Sorgen immer zu ihr, nicht zu ihrem Vater.

Manchmal sprach Eva mit Gott. Das tat sie, wenn sie trostlos war.

»Herr, ich bin mit meinen Kräften am Ende!«

»Eva, ich kenne dich, du bist nicht am Ende. Erinnere dich, wie hast du mich angefleht, mit Martin zusammenzuleben. Ich habe mein Möglichstes getan.« »Ja, Herr, das hast du und ich danke dir!«

»,Auch wenn er krank und elend ist, lass mich zu ihm!' Hast du das gesagt?« »Ja, Herr, das habe ich gesagt.«

»Und ihr hattet fast zehn Jahre lang eine gute Zeit miteinander. Ihr habt euch geliebt.« »Wir haben uns unzählige Male geliebt.«

»Dann sei ruhig und vertraue mir!«

In der Gemeinde kannten sie einen Bruder Gnädig, dessen Frau hatte Eva im Altenheim gepflegt. Schwester

Gnädig war eine kleine zarte Frau mit weißen Haaren. Im Krankenbett lag sie wie eine Daunenfeder in ihren Kissen. Nachts bekam sie alle zwei Stunden Tramaltropfen gereicht. Bei Eva klingelte sie schon nach 90 Minuten, weil sie die Schmerzen nicht mehr aushielt. Sie litt an Magenkrebs. Die Schmerzen ließen sie nicht schlafen. Sie unterhielt sich gerne mit Eva und erzählte aus ihrem Leben. Nach dem Krieg hatte sie als Hausangestellte bei dem amerikanischen Chefankläger gearbeitet, der im Nürnberger Prozess die Nazi-Führer verurteilt hatte. Manchmal durfte sie als Zuhörerin im Gerichtssaal sitzen. Diese Zeit hatte sie geprägt. Mit ihrer schönen Stimme studierte sie Gesang. Sie machte auch ihren Abschluss, bekam aber ein Kehlkopfleiden und musste auf die Laufbahn als Sängerin verzichten. Später wollte sie in den Diakonieverband eintreten. Der zuständige Pfarrer konnte sich nicht vorstellen, wie aus einer Sängerin eine Diakonisse werden könnte. Aber sie blieb hartnäckig und wurde aufgenommen. Sie lernte Bruder Gnädig kennen. Er warb um sie und sie heirateten. Für Kinder waren sie schon zu alt. Viele Jahre kämpfte sie mit ihrem Mann bei Amnesty International gegen die Todesstrafe in den USA. Sie schrieb den zum Tode Verurteilten Briefe, sammelte Geld für ihre Prozesskosten und besuchte sogar einen Betreuten im Gefängnis.

Einmal sagte Schwester Gnädig zu Eva: »Wenn wir beide uns früher kennen gelernt hätten, wären wir vielleicht Freundinnen geworden.«

Vor einem Jahr war sie gestorben, und ihr Mann wurde einsam. Er beklagte sich zwar nie, aber Eva sah seine traurigen Augen.

Wenn Bruder Gnädig einmal in der Woche zu ihnen käme, könnte sie in dieser Zeit dringende Besorgungen machen. Sie sprach ihn an und er sagte sofort zu.

Von nun an kam Bruder Gnädig jeden Mittwoch um 15 Uhr und blieb, bis Eva von ihren Besorgungen zurück war. Sie kochte Kaffee und kaufte Obsttorte, die der Bruder besonders gerne aß. Sie saßen nebeneinander auf dem Sofa. Alle fünf Minuten tropfte ein Wort. Martin duldete es auch, dass ihm der Bruder nach dem Toilettenbesuch seine Kleidung ordnete.

In Bad Boll gab es ein Altenheim, das Urlaubsgäste aufnahm. Wäre es möglich, Martin für zwei Wochen anzumelden? Vor zwanzig Jahren hatte er in Boll gearbeitet, er kannte sich aus und hatte dort gute Freunde. Auch eine entfernte Verwandte lebte hochbetagt in dem Heim.

»Mein Guter, kannst du dir vorstellen, für zwei Wochen im ‚Hörauf-Stift‘ zu wohnen?« »Ich habe nichts dagegen.« »Ich möchte mit Anna verreisen.« »Ja, erhole dich von mir!«

Dann hatte Eva noch mit den Töchtern und Freunden gesprochen. Alle rieten dringend zur Reise und wollten Martin besuchen.

Es fiel ihr schwer, sich von ihrem Mann zu trennen. Immer waren sie zusammen in den Urlaub gefahren. Sie würde ihn vermissen.

Evas Freundin Anna hatte eine Bekannte auf Kreta, die eine Pension besaß, weit weg von den Touristenzentren, im Westen der Insel, eine halbe Stunde Fußmarsch von der Küste entfernt.

Bauern hatten von ihrem Olivenhain ein Stück Land abgetrennt und an Heike verkauft. Das Haus, ein weißer Würfel mit bogenförmigen Fenstern, stand auf einem Hügel und schaute herab auf gepflegte und verkommene Olivenfelder und auf die Phrygana bis weit hinunter aufs Meer. Die Phrygana ist eine Vegetation aus dornigen, stachligen, halbkugelförmigen Pflanzenpolstern, dem steinigen, ausgetrockneten Boden angepasst. Nur die genügsamen Ziegen und einige struppige Schafe, ganz anders als ihre weißen, wolligen Schwestern aus dem Norden, können hier weiden. Jeden Tag arbeitete Heike, die Wirtin, in ihrem Garten. Nur wenn sie ihn täglich mit Wasser sprengte, gediehen die Pflanzen in paradiesischer Pracht.

Eva rief im Heim an: Martin gehe es gut und er bekomme täglich Besuch. Heute sei eine Tochter da gewesen und habe mit ihm einen Spaziergang gemacht. Eva ließ ihren Mann herzlich grüßen und fragte, ob ihre Karte schon angekommen sei. Ja, ihr Mann habe sich über die schöne Karte gefreut.

Entspannt saß Eva mit Anna und Heike auf der Dachterrasse bei einer Flasche Wein. Anna erzählte von dem Mittagessen in einer Kneipe. Zwei Kreter hatten sich an ihren Tisch gesetzt und hintergründig gefragt, wo denn Annas Mann sei. Darauf Anna: »Den habe ich abgeschafft.« Die Männer, ehemalige Gastarbeiter in Deutschland, hatten sich angesehen und sofort auf andere Plätze gesetzt.

Die Freundinnen lagen am Strand unter einer Akazie mit winzigen Blättern, die wenig Schatten gab. Anna war in ein Buch vertieft. Eva dachte an Martin. Vor einem Jahr hätte sie vielleicht mit ihm hier gesessen. Nun war er in einem Pflegeheim. Er zählte bestimmt die Tage und sehnte sich nach ihr. Im Wasser ließ sie sich auf dem Rücken treiben und beobachtete zwei Möwen, die entgegen ihrer Natur friedlich nebeneinander flogen. Vielleicht war es ein Pärchen. Am Abend wollte sie ihm wieder eine Karte schreiben, mit großer Schrift, damit er sie lesen konnte.

Von Chania flogen sie nach Stuttgart zurück. Annas Freund holte sie ab. Evas Auto stand noch brav an seinem Platz. Sie lud ihr Gepäck um, verabschiedete sich von Anna und fuhr ins Heim.

Martin war nicht in seinem Zimmer. Eine Schwester meinte, sie habe ihn eben noch auf dem Korridor gesehen. Eva schaute um die Ecke, da sah sie ihn an der Hand der winzigen Tante Annemarie gehen, die ihn zur Andacht abgeholt hatte. Eva rief: »Martin!«

Er ließ die Hand der Tante los, und mit ausgebreiteten Armen eilte er auf sie zu. »Endlich ...!« kam es ganz tief aus seiner Brust.

Sie umarmten sich. Ein fremder Geruch umgab ihn. Er roch nach Pflegeheim.

In seinem Zimmer packte sie die Sachen ein. Auf dem Tischchen lag eine Karte mit ihrer Adresse von einer fremden Hand geschrieben und dann in Martins Schrift: »Liebe Eva ...«

Glücklich saß er im Auto neben ihr. Sie erzählte ihm von Kreta: »Wir sind mit Heikes Auto an die Südküste gefahren. Über hohe Berge, vorbei an tiefen Schluchten. Und haben das Kloster Preveli besucht. Von dem Kloster hat man einen herrlichen Blick auf die Südküste. Dort ist es viel heißer als im Norden. Man spürt die Nähe von Afrika. Und wie ist es dir ergangen?« Martin überhörte die Frage.

Zu Hause ließ sie das Gepäck stehen. Beide waren müde. Als Eva Martin beim Ausziehen half, sah sie, dass er wieder Pampers umhatte. Sie wusste, dass es kein Zurück mehr gab. Er musste nun immer diese Dinger tragen. Unter der Dusche rieb sie ihn mit Duschgel ein, um gleichsam das Pflegeheim mit abzuspülen. Im Bett drückte sie seine Hand. »Mein Prinz, es ist schön, dass wir wieder zusammen sind!«

Nach dem Frühstück setzte sich Martin in den Fernsehsessel. Seine Beine waren jetzt schon am Vormittag geschwollen. »Deine Beine müssen hochgelagert werden!«

Eva trat hinter den Sessel und wollte die Kopflehne nach hinten drücken, damit das Fußteil in die Waagerechte kam. Aber Martin stemmte sich mit all seiner Kraft dagegen, und die Beine blieben unten.

Eva gab ihm die Badische Zeitung. Als sie die Koffer geleert hatte, kam sie zurück und sah, dass er die Zeitung immer noch in der Hand hielt; die Buchstaben standen auf dem Kopf.

Er konnte nicht mehr lesen und nicht mehr schreiben. Das tat weh – so schrecklich weh!

Fast jeden Sonntag gingen sie in die Kirche. Wenn Martin sich nicht wohl fühlte, fuhren sie mit dem Auto. So auch diesmal. In Königsfeld sind die Gottesdienste gut besucht. In der letzten Zeit setzte sich Eva mit Martin in die Nähe der Tür. Er hatte sich ein Liederbuch geben lassen, schaffte es aber nicht, die Liedverse zu finden. Sie gab ihm ihr aufgeschlagenes Gesangbuch. Manche Kirchenlieder konnte er noch auswendig. Während der Predigt nestelte er plötzlich an seinem obersten Hemdknopf. »Hast du Atemnot?«, flüsterte Eva. »Nein!«

Er bekam den Knopf nicht auf. Als sie sich ihm zuwandte, um den Knopf zu öffnen, fiel er ihr entgegen. Die Banknachbarn rückten zur Seite. Eva legte seine Beine hoch. Der Pfarrer stoppte seinen Redefluss eine Sekunde lang und predigte dann weiter. Eine Saaldienerin kam mit einem Krankenfahrstuhl. Martin kam zu sich und wurde hinausgefahren. Eva war froh, dass sie das Auto mithatte.

Am Montag in der Sprechstunde sagte der Arzt: »Wir müssen bei Ihrem Mann an einen Herzschrittmacher denken.« Herzschrittmacher – nun war das Wort gefallen! In Landau auf der Pflegestation hatte Eva eine Patientin kennengelernt, die sterben wollte, aber der Herzschrittmacher gab ihrem Herzen immer wieder neue Impulse. Es hieß zwar, dass dieses Gerät nicht das Leben verlängern könnte, aber Eva hatte andere Erfahrungen gemacht.

Sie rief Kristina, Martins Tochter, an und fragte sie um ihre Meinung.

»Eva, wir vertrauen dir, du wirst für den Vati die richtige Entscheidung treffen.«

Jeden Tag sollte Martin spazieren gehen. Immer öfter sträubte er sich. Lange musste Eva ihn überreden. Sie holte seine Straßenschuhe und zog sie ihm an. Dann schaltete sie den Fernseher aus. Sie hasste die Glotze.

»Heute laufen wir nur zum Park und wieder zurück.« Seinen Stock ließ er zu Hause. Ein paar Häuser weiter atmete er schwer. Plötzlich steuerte er auf einen fremden Hauseingang zu und wollte hineingehen.

»Martin, wir wohnen nicht hier. Komm, wir drehen um und gehen nach Hause!« Er lief weiter in die andere Richtung. Panisch sah Eva sich um, ob sie vielleicht Freunde sah, die ihr helfen konnten. Sie hielt ihn fest und wollte ihn umdrehen, aber er sträubte sich. Junge Leute liefen hinter ihnen. Sie dachten, Martin sei betrunken, und fingen laut an zu lachen. Jetzt kam er zur Besinnung und ließ sich von seiner Frau nach Hause führen.

Der Fernseher lief den ganzen Tag; auch Kindersendungen sah sich Martin an. In der Küche hörte sie ihn über alberne Kinderwitze lachen. Dieses Lachen, so ganz anders als früher, tat ihren Ohren weh.

Sie konnte niemandem ihr Herz ausschütten. Sie wollte doch nicht ständig Erwin oder die Kinder anrufen und ihnen die Ohren vollheulen!

In der Nähe ihrer Wohnung war ein chinesisches Restaurant. An Wochentagen gab es preisgünstige Angebote. Es wurde von einem Ehepaar geführt; sie hatten einen kleinen Jungen. Der Kleine spielte immer alleine, manchmal auf dem Fußweg vor dem Lokal oder in der Gaststube. Eva ging mit Martin in das Restaurant. Sie bestellte für sich Reis mit Huhn, für Martin Reis mit Rindfleisch. Seit einer Dienstreise nach Tansania, wo man ihm in jeder Gemeinde Huhn vorgesetzt hatte (Huhn war dort eine Delikatesse), mied er dieses Fleisch.

Sie konnten sich Zeit nehmen. Die Speisen standen auf einem Wärmestein. Sie gab ihm eine kleine Portion. Die Sauce war süßsauer angemacht. Eva aß mit Appetit. Martin stocherte im Essen und nahm sich nur kleine Häppchen. »Schmeckt es dir nicht?«

Vielleicht mochte er die süßsaure Sauce nicht oder es störten ihn die vielen Menschen. Er fühlte sich nicht wohl. Plötzlich fing er an zu würgen. Eva sah ihn entsetzt an: »Martin, hole ganz tief Luft und atme ruhig weiter!« Eindringlich wiederholte sie ihre Worte. Sie begann zu schwitzen. Er bemühte sich auch, ruhig zu atmen. Aber er konnte das Würgen nicht unterdrücken. Vom Nachbartisch schauten schon die Leute herüber. Sie wollte flüstern, aber nur ein Zischen kam zustande: »Atme tief ...!« Sein Gesicht wurde rot und die Adern an den Schläfen traten hervor. Mit einem Schwall erbrach er den Mageninhalt über sich und den Tisch. Eva nahm alle Servietten und Tempotaschentücher, derer sie habhaft wurde, und tupfte ihren Mann ab. Die Chinesin kam mit einem neuen Stoß Servietten und einem Eimer. Der kleine Junge näherte sich dem Tisch. Die Mutter scheuchte ihn davon. Martin saß völlig unbeteiligt da und ließ alles mit sich geschehen.

»Ich komme gleich wieder und bezahle die Rechnung«,

sagte Eva hastig zu der Frau und raffte ihre Sachen zusammen. Sie hinterließen einen ekelhaften, sauren Geruch.

Zu Hause zog sie Martin die Sachen aus, duschte ihn und brachte ihn ins Bett. Er sträubte sich nicht.

Die Gaststube war wieder sauber, alle Fenster standen auf, die Gäste waren verschwunden. Statt der kleinen freundlichen Frau kam der Wirt aus der Küche mit der Rechnung in der Hand. Eva bezahlte und murmelte eine Entschuldigung. Sie wollte dem Wirt noch 50 DM für die Reinigung geben. Doch der schüttelte den Kopf und fragte: »Wie geht es dem Papa?« Er dachte, Martin sei ihr Vater.

Eines Abends klingelte das Telefon. Martin war als Erster am Apparat. Er hoffte stets, eine seiner Töchter riefe an. Diesmal war es Benjamin. Er wollte seine Mutter sprechen.

»Hallo Mutter, ich habe mal eine Frage ...«

Wenn er so zögerlich ein Gespräch begann, dann hatte er Probleme.

»Die Heimleitung will meinen Arbeitsvertrag nicht verlängern!«

Auch das noch! Sie hatte weiß Gott genug Sorgen. »Und was soll nun werden?«

»Kann ich zu euch kommen?«

»Moment mal, ich muss erst Martin fragen!« Er stand neben ihr. »Kann Benni bei uns wohnen?« »Er soll kommen.« »Komm zu uns, wenn sie dich entlassen.« »Da erkenne ich ihn wieder, meinen gütigen, großherzigen Mann«, dachte Eva.

Nach einer Woche kam Benjamin. Kurz nach der Wende hatte er in Leipzig eine Ausbildung als Altenpfleger gemacht. Dort bekam er keine Arbeit und ging in den Westen.

Seine Freunde und Bekannten lebten alle in Leipzig, und es fiel ihm schwer, sich den westlichen Arbeitsanforderungen anzupassen.

Eva hatte für Martin einen Rollstuhl besorgt. Wenn sie Martin die Friedrichstraße hochschieben musste, war sie außer Atem. Ihr Sohn, groß und stark, fuhr Martin jeden Tag im Rollstuhl spazieren. Sie beobachtete, dass Martin sich gerne von Benjamin ausfahren ließ, ja sie hatten sogar Spaß miteinander. Immer wieder wollte Martin den Gottesacker besuchen. Wie Evas Mutter, ein Jahr vor ihrem Tod. Oder der Neunzigjährige, der täglich auf den Gottesacker ging und sich am Grab seiner Frau mit ihr unterhielt, als stünde sie neben ihm.

Der Königsfelder Gottesacker liegt auf einer Hochebene. Von dort geht der Blick über ein grünes Tal. Am Abend kann man von hier aus den Sonnenuntergang bewundern. Verlässt man den Friedhof und wandert weiter, so öffnet sich der Wald.

Vielleicht könnte Benjamin Martin duschen? Schließlich war er Altenpfleger. Eva war im Schlafzimmer und suchte frische Wäsche heraus. Spannung lag in der Luft. Hatte sie die Situation falsch eingeschätzt? Eilig lief sie in den Duschraum und kam gerade hinzu, wie Martin ausholte und auf Benjamin einschlug. Das alles geschah ohne Vorwarnung und ohne Worte. Benjamin trat erschrocken zurück, Eva schob sich dazwischen und redete leise auf Martin ein:
»Mein Guter, ich mache das Wasser warm, nehme das duftende Gel, reibe dich ein und wasche alles wieder ab. Schon fertig! Jetzt ziehe ich dir noch den frischen Schlafanzug an und es ist gut!«

Widerspruchslos ließ er alles mit sich geschehen.

»Was machst du, wenn ich nicht mehr da bin und er schlägt auf dich ein?« »Das weiß ich heute noch nicht; das ergibt die Situation.«

»Martin braucht ein Pflegebett. Du machst dir deinen Rücken kaputt.«

Benjamin hatte Recht. Ganz schnell konnte Martin bettlägrig werden.

Eine Firma lieh ihnen das Bett. Ein Krankenbett braucht Zugang zu allen Seiten und viel Platz. Eva musste ihr Ehebett hergeben.

Martin konnte nicht verstehen, warum Eva in der Nacht nicht mehr neben ihm lag. Er kam sich verloren vor.

Aber zunächst war er durch das Chortreffen abgelenkt.

Alle zwei Jahre treffen sich die Chöre der Brüdergemeine zu Himmelfahrt. Solch ein Treffen bedarf langer Vorbereitungen. Die Chorleiter kommen zusammen und wählen im Vorfeld geeignete Stücke aus. Dann wird die Auswahl an alle Chöre verteilt und eingeübt. Traditionsgemäß wird auch ein surinamisches Lied gesungen. Der Höhepunkt war diesmal ein achtstimmiges Chorwerk von Mendelssohn.

In diesem Jahr war Königsfeld der Gastgeber. Die Gemeinde wurde aufgefordert, Gastbetten zur Verfügung zu stellen. Erwin und seine Frau würden in der Ferienwohnung übernachten, Thea, ihre Tochter, im Gästezimmer. Dann kam noch Gertrud aus Neuwied, Evas langjährige Freundin und Vertraute. Im Wohnzimmer auf der Bettcouch war noch Platz. Ganz Königsfeld rückte zusammen.

Tagsüber übten die Sänger. Bei gutem Wetter sollte die Aufführung im Kurpark stattfinden.

Der Kirchengesang hat in der Brüdergemeine eine herausragende Bedeutung. Im Gesangbuch der Brüdergemeine stehen 1063 Lieder, im Evangelischen Gesangbuch der Landeskirche Baden 692. Zinzendorf hatte in den Singstunden spontan aus dem Stegreif Liedverse gedichtet.

Die Sänger wurden zentral mit Mittagessen und Abendbrot versorgt. Martin freute sich, wenn die Gäste am Abend zurückkamen und von ihren Begegnungen berichteten. In Neugnadenfeld hatten Martin und Eva auch im Chor gesungen.

In der Nacht ließ Eva die Tür von Martins Zimmer auf und auch die vom Wohnzimmer, wo sie mit Gertrud auf der Couch lag. Endlich konnte sie der Freundin ihr Herz ausschütten!

Eva hatte Gertrud bei einem Brüdergemeinabend in Leipzig kennen gelernt, den Martin gehalten hatte. Niemand sollte damals wissen, dass sie seine Freundin war. Erst Jahre später erzählte sie es Gertrud. Zu jener Zeit war es unvorstellbar, dass Martin und Eva sich wieder begegnen und heiraten würden.

Mit Gertrud konnte Eva beten und ihre Sorgen teilen. Sie war eine Seelsorgerin, die aus einer traditionellen Brüdergemeinfamilie stammte. Ihr Vater wurde in Jamaika als Kind eines Missionars geboren. Mit sechs Jahren musste er seine Eltern verlassen und kam zuerst zu Verwandten nach Bethlehem (USA) und dann in die Knabenanstalt der Brüdergemeine nach Kleinwelka. Seine Muttersprache war Englisch. Aber in Kleinwelka durfte er nur deutsche Worte in den Mund nehmen. Das Leben der Missionskinder fernab von den Eltern war hart, und manches Kind zerbrach daran. In den Ferien wurde er bei Verwandten herumgereicht. Erst als seine Geschwister nach Kleinwelka kamen, wurde es für ihn erträglich. Seinen eigenen Kindern hatte er erzählt, er sei bei einer Tante in Herrnhut gewesen, die habe ihm ein Stück Zucker und einen Pfennig angeboten:

»Du kannst den Zucker in deinen Kaffee tun oder den Pfennig als Missionsopfer in die Opferbüchse stecken.« Natürlich hatte er auf den Zucker verzichtet und den Pfennig in die Büchse gesteckt. Solche Büchsen gab es in jeder Familie. Manchmal in der Form eines Schwarzen, der mit dem Kopf nickte, wenn das Geld fiel.

Am Sonntag war herrliches Wetter. Das Konzert fand im Park statt. Martin saß strahlend in seinem Rollstuhl. Er hatte drei Schwestern aus seiner alten Ostberliner Gemeinde getroffen, mit denen er freundschaftlich verbunden war. Sie würden am Nachmittag zum Kaffee kommen. Die Schwestern ließen sich nicht anmerken, wie erschüttert sie über seine Hinfälligkeit waren. Sie kannten ihn als gut aussehenden, aktiven Pfarrer.
Nach dem Mauerbau, als die Wege nach Westberlin zugemauert waren und Martin in Ostberlin eine neue Gemeinde aufgebaut hatte, das war seine beste Zeit gewesen.

Am nächsten Morgen mussten die Gäste wieder abreisen. Die Busse warteten nicht. Das brachte Unruhe ins Haus. Martin wurde nervös. Er konnte nicht verstehen, warum alle durcheinander rannten und irgendetwas suchten. Er bekam Durchfall und verschmutzte das Bad. Während Eva ihn neu einkleidete, putzte Gertrud still das Bad. Eva gelang es noch, ihre Gäste zum Bus zu bringen. Unter Tränen verabschiedeten sich die Freundinnen. Jede wusste, warum die andere weinte.
Würde sie in diesem Jahr wieder mit Anna nach Kreta fliegen können? Evas Kräfte waren aufgezehrt. Tag und Nacht wurde Martin von ihr betreut. Sie beriet sich mit Erwin und Martins Kindern. »Selbstverständlich musst du Urlaub machen!«, war die einhellige Meinung.

»Mein Guter, bist du auch in diesem Jahr einverstanden, für zwei Wochen nach Bad Boll ins Heim zu gehen?« »Erhole dich von mir, ich bin einverstanden.«

Aber Eva wusste, dass Martin lieber zu Hause geblieben wäre.

Wieder hatte sie mit seinen Freunden gesprochen und gebeten, dass sie Martin besuchen würden. Selbstverständlich gaben sie ihre Zusage.

Alle Vorbereitungen waren getroffen, die Koffer gepackt.

Im Schwarzwald war es noch kühl und nass gewesen, und je näher sie ihrem Ziel kamen, umso wärmer wurde es. Martin war auf der Fahrt sehr schweigsam. Besorgt dachte Eva: »Die Hitze bekommt ihm nicht!«

Hinter der Ausfahrt Kirchheim zeigte er auf die Bergkette der Schwäbischen Alb. »Dort ist der Aichelberg. Hier haben wir sieben Jahre lang gewohnt.« »Freust du dich auf Bad Boll?« »Nein!«

»Oh Gott«, dachte Eva, »und ich bringe ihn jetzt ins Heim!«

»Du weißt aber, dass ich dich in zwei Wochen abhole?« »Ja.«

Freundlich wurden sie begrüßt. Man kannte sich. In Martins Zimmer war ein sympathischer älterer Herr, ein ehemaliger Schuldirektor. Seine Tochter hatte ihn vor zwei Tagen gebracht. Die beiden würden sich bestimmt verstehen. Eva ging mit Martin auch bei Tante Annemarie vorbei, die sich schon auf ihn gefreut hatte.

Zur Mittagszeit führte Eva Martin in den Speisesaal. Der Oberschwester übergab sie einen Beutel mit Medikamenten und eine Liste mit seinen Essensgewohnheiten und Bedürfnissen. Sie räumte seine Sachen in die Fächer. Dann holte sie ihn vom Speisesaal ab. Er legte sich auf das Bett.

Es war dasselbe wie im vergangenen Jahr. Sie gab ihm zum Abschied einen Kuss. »Heute Nachmittag komme ich wieder.« Martin war schon halb eingeschlafen.

Anna wuselte durch ihre Wohnung. Sie war noch am Packen. Ob sie diese Hosen mitnehmen sollte oder jene?

Eva fuhr kurz bei Johannes, Martins Freund, vorbei und bedankte sich, dass er sich wieder um Martin kümmern würde.

»Aber das ist doch selbstverständlich; und wir wünschen dir gute Erholung!« »Danke, die kann ich brauchen!«

Jetzt war alles gut vorbereitet. Es konnte nichts mehr schief gehen.

Am Nachmittag ging sie wieder zu Martin. Er lächelte sie freundlich an. Er hatte sich gerade mit dem älteren Herrn unterhalten. »Gott sei Dank, sie verstehen sich«, dachte Eva.

Doch am liebsten hätte sie das ganze Unternehmen rückgängig gemacht, Martins Sachen eingepackt, ihn an die Hand genommen und sie wären nach Hause gefahren.

Abends hatte sie keine Lust, mit Anna essen zu gehen. Das würden sie im Urlaub machen.

Am nächsten Morgen empfing Martin sie mit den Worten: »Ach, ich dachte, du kommst nicht mehr!« »Heute Mittag fliegen wir nach Kreta. In zwei Wochen komme ich zurück und hole dich ab.«

Sie wollte ihm immer wieder sagen, dass sie ihn abholen würde, damit er keine Zweifel hatte.

Die Balkontür war geöffnet. Warme Luft strömte ins Zimmer. Vom Tennisplatz gegenüber hörte sie die Aufschläge der Bälle. Martin saß in einem Lehnstuhl und blickte nach draußen. Er drehte sich nicht um, als Eva ging. Vielleicht dachte er, sie hätten sich schon verabschiedet.

Auf der langen Reise

Ein Bekannter fuhr sie zum Flughafen. Anna hatte überall Bekannte. Von Stuttgart flogen sie nach Chania. Dort erwartete sie brütende Hitze. Am Ausgang stand Heike und winkte. Sie fuhr einen Mietwagen. Der Zoll hatte ihren Mercedes in der Autowerkstatt beschlagnahmt. Aber vielleicht steckte auch der Werkstattbesitzer mit dem Zoll unter einer Decke.

»Die Kreter sind alle Halsabschneider«, schimpfte Heike.

Zuerst wollten sie ihr Wiedersehen feiern und essen gehen. Heike fuhr zum Sommerrestaurant auf dem Felsen über der Souda-Bucht. Sie kannten es schon vom vergangenen Jahr. Anna bestellte sich Lammfleisch in einer Kräuter-Joghurt-Soße, Heike überbackene Garnelen und Eva eine Kartoffel-Moussaka.

Die Sonne ging über der Akrotiri-Halbinsel unter. Eva stand auf und ging hinaus auf die Terrasse. Blutrot versank der riesige Ball langsam im Meer. Sie hätte ihm hinterher weinen können.

Die Freundinnen riefen: »Komm her, halt dich ran, sonst haben wir den Retsina ausgetrunken!«

Am Nachbartisch feierten Engländer irgendein Ereignis und wurden immer lauter.

Dann fuhren sie in die pechschwarze Nacht hinein. Die Straßen waren schlecht beleuchtet. Nur Ortskundige fanden hier ihr Ziel. Schnell packte Eva ihren Koffer aus und schlief sofort ein.

Am nächsten Morgen klopfte jemand ganz laut an ihre Tür. Sie schreckte hoch. Heike stand mit dem Telefonhörer vor der Tür und Anna drängte hinterher.

»Deine Tochter hat vor fünf Minuten angerufen, sie ruft gleich wieder an.«

Die Frauen sahen sich ängstlich an. Eva ahnte das Unumkehrbare, das schon lange in der Luft gelegen hatte und nun zur Gewissheit wurde.

Klingeln, Kristinas Stimme: »Eva, Eva, es tut mir ja so furchtbar Leid, Vati ist in der Nacht gestorben!« Schluchzen.

»Ich komme sofort zurück!« Mehr konnte Eva nicht sagen. Sie legte auf.

Die Freundinnen nahmen Eva in die Arme, und ihr Nachthemd wurde nass von all den Tränen.

Heike organisierte den Rückflug. Auch Anna packte ihre Koffer. Mit dem Taxi fuhren sie bis nach Heraklion. Von dort sollte die Maschine nach Stuttgart starten. Anna kümmerte sich um die Papiere für den vorzeitigen Rückflug. In der Abfertigungshalle saßen sie stumm zwischen braun gebrannten, fröhlichen Menschen.

In Stuttgart holte sie wieder Annas Bekannter ab. Er drückte Eva ernst die Hand und kondolierte.

»Jetzt bin ich eine Witwe!«, schoss es ihr durch den Kopf.

Sie wollte Martin sehen. Er war nicht mehr da. Ein Bestattungsunternehmer hatte ihn schon abgeholt. Alles lief wie am Schnürchen. Im Heim sagte man ihr, Martin habe noch am Nachmittag Besuch gehabt, es sei ihm gut gegangen. Die Nachtwache sei um 0 Uhr 30 an sein Bett getreten und habe gemerkt, dass er schon gestorben sei.

Eva sah ihn in Gedanken daliegen, auf der rechten Seite, die Beine angezogen, mit dem Kopf auf dem rechten Arm.

Anna hatte nur ein paar schwarze Kleider eingepackt. Sie lenkte den Wagen. Eva war dazu nicht fähig. Stumm saß sie neben Anna.

»Sie haben sich deiner bemächtigt!«, dachte sie. »Ich wollte dir doch deinen schwarzen Anzug anziehen, den du dir zu unserer Hochzeit gekauft hast und den du immer beim Predigen getragen hast. Dazu gehört doch noch das weiße Hemd und der weiße Schlips, der schon gebunden war und den du nur über den Kopf gestreift hast. Ich wollte deine Hand halten, wenn du stirbst. Und ich wollte die Letzte sein, die dich berührt. Ganz leise hast du dich davongemacht.«

Die Hausbewohner wunderten sich, dass sie schon wieder von der Reise zurück war.

»Haben Sie nicht am Aushang der Kirche die Todesanzeige von meinem Mann gelesen?« Sie sahen sie entsetzt an.

Anna machte sich im Krankenzimmer zu schaffen. Sie zog die Bettwäsche ab, warf Martins Pflegemittel und Medikamente weg. Eva sah hinein. Der Raum war kahl, als wäre ein lieber Gast abgereist. Sie fing an zu weinen.

Der Bestatter sagte am Telefon, Martin läge in Peterzell in einer Kühlzelle in der Aussegnungshalle vom Waldfriedhof. Eva könne sich morgen den Schlüssel abholen.

Sie dachte: »Mein Gott, sie haben Martin in eine Kühlzelle gesperrt!«

»Zu Martin musst du alleine gehen. Das halte ich nicht aus«, sagte Anna.

Es war heiß, als Eva den Schlüssel abholte. Man sagte ihr, wo der Friedhof lag. »Dann gehen Sie zur Aussegnungshalle, links den Gang hinein zur letzten Tür. Sein Name steht auf einem Zettel.«

Mit dem großen Schlüssel in der Hand zögerte Eva kurz, ehe sie die Tür öffnete. Kühle schlug ihr entgegen aus dem abgedunkelten Raum. Nur von oben gab ein kleines Fenster Licht. Die Ventilatoren surrten.

In der Mitte stand erhöht der weiße Sarg. Eva schloss die Tür und trat näher. Martins Gesicht war durch einen Gazeschleier geschützt. Heiligkeit lag über dem Raum.

In Eva erstarb aller Widerstand gegen das Unabänderliche. Martins Augen waren geschlossen. Sein Gesicht nach oben gerichtet. Sein schönes schmales Gesicht – ohne eine Schmerzensfalte. Er war wieder jung, ganz weit weg von ihr. »Wo hältst du dich auf?« Irgendwo, niemand weiß es.

Lange stand sie bei ihm und bedankte sich immer wieder für all seine Liebe und Zärtlichkeit.

Noch viermal war sie bei Martin. Nie hob sie den Schleier. Nie hatte sich sein Gesicht verändert.

Am Abend vor der Beerdigung kamen Erwin und Inge angereist. Mit ihnen zusammen ging sie noch einmal zu Martin. Als sie den Schlüssel abgab, bat sie, dass der Sarg geschlossen würde. Sie wollte die Letzte sein, die einen Blick auf ihn geworfen hatte.

In der Woche vor der Beerdigung musste sie Martins Lebenslauf beenden. Davor hatte sie sich gefürchtet. Sie wollte die Gefühle seiner Kinder nicht verletzen. In der Brüdergemeine wird der Lebenslauf des Verstorbenen während der Trauerfeier vorgelesen. Jeder sollte sein Leben selbst beschreiben. Martin hatte das Schreiben abgebrochen, als seine Übersiedlung nach Westdeutschland und später seine Scheidung zu erwähnen gewesen wären.

Für Eva waren die Trauerfeier im Saal, die Beerdigung auf dem Gottesacker und das Liebesmahl qualvolle Stunden. Martins Töchter hatten ihre Mutter, seine geschiedene Frau, mitgebracht.
Es war Eva nicht möglich, sich in Ruhe von Martin zu verabschieden und den Worten der Brüder und der Gäste zu lauschen. Erstarrt stand sie neben sich. Es hätte nur eines kleinen Anlasses bedurft und sie wäre zusammengebrochen. Anna wich nicht von ihrer Seite. Vielleicht hatte die Freundin die Katastrophe verhindert.

Ostermorgen

Der Ostermorgen wird weltweit in allen Brüdergemeinen auf ähnliche Weise gefeiert. Seit Eva in der Gemeinde lebt, hat sie stets daran teilgenommen. Im vergangenen Jahr noch mit Martin.

Der Wecker klingelt sie schon um halb sechs aus dem Bett. Sie ist müde und friert. Viel zu kurz hat sie geschlafen. Sie muss endlich etwas gegen ihre Schlafstörungen unternehmen.

Auf dem Weg zur Kirche bleiben die Glocken stumm. Auch die Leute, denen sie begegnet, bleiben stumm. Bekannte nicken ihr nur schwach zu. Alle haben sich warm angezogen. Im Kirchsaal empfängt sie tiefes Schweigen. Jeder Platz ist besetzt. Alle rücken zusammen. Viele fremde Gesichter. Vielleicht sind es Verwandte, Gäste oder einfach nur Neugierige. Sie sehen sich um. Der schlichte Raum mit den harten weißen Bänken und dem Liturgustisch vorne in der Mitte ist den Einheimischen vertraut, aber den anderen fremd.

In diesem Jahr lastet die Stille schwer auf Eva. Martin fehlt; sein Platz neben ihr ist leer.

Endlich betritt der Pfarrer den Saal und verkündet laut: »Der Herr ist auferstanden!«

Orgel und Gemeinde antworten befreit: »Er ist wahrhaftig auferstanden!«

Eva lässt sich vom Strom der Kirchenbesucher ins Freie tragen. Die Vögel auf den hohen Bäumen sind vorzeitig geweckt worden und fangen schüchtern an zu piepsen. Ein langer Zug formiert sich, mit dem Pfarrer und den Bläsern vorneweg. Er bewegt sich Richtung Gottesacker. Immer mehr Leute schließen sich an. Sie gehen in Fünferreihen. Links liegt das Jungeninternat »Haus Früauf«, gegenüber ein villenähnlicher Bau, das Mädcheninternat »Benigna«. Die Schüler sind jetzt daheim in den Osterferien, und der Ort ist beschaulich geworden. Aber nur für kurze Zeit. Dann sieht man sie wieder von den Internaten in die Schule rennen, an der Bushaltestelle warten oder in der Sonne auf dem Zinzendorfplatz liegen. Tausend Schüler prägen den Ort.

Mechanisch setzt Eva ein Bein vors andere; wie vor einem halben Jahr, als sie Martin auf dem gleichen Weg zu Grabe getragen haben. Hundertmal hatte sie das Ereignis kommen sehen. Hundert Tode war sie gestorben.

Am Ortsende nimmt die Buchenallee den Zug auf. Auf der linken Seite hat der Orkan »Lothar« die Baumreihe niedergemäht. Am Tage sieht man schon kleine Bäumchen zwischen den Baumstümpfen sprießen. Immer weiter möchte Eva in der Reihe laufen, wie ein Kind hinter dem Rattenfänger von Hameln.

Ein Gedenkstein mit dem Bronzebild des Bischofs der alten Brüderunität, Johann Amos Comenius, steht am Weg. Der fortschrittliche Pädagoge, seiner Zeit, dem 17. Jahrhundert, weit voraus, hat noch heute eine Bedeutung für das Erziehungswesen.

Im Dreißigjährigen Krieg waren die evangelischen Brüder mit ihrem Bischof verfolgt und aus Böhmen und Mähren vertrieben worden. Comenius war in ganz Europa unterwegs gewesen und starb schließlich hochbetagt in den Niederlanden. Fünfzig Jahre später hatte Graf Zinzendorf auf seinen Ländereien in der Oberlausitz Exilanten aus Böhmen und Mähren und andere fromme Außenseiter aufgenommen. Der Grundstein für die Herrnhuter Brüdergemeine war gelegt.

»Ich bin die Auferstehung und das Leben« steht über dem Tor, das zum Gottesacker führt. Die Toten mit der Hoffnung auf die Auferstehung sind als ein Saatkorn Gottes in die Erde gelegt. Doch Evas Schmerz über Martins Tod lässt alle theologischen Deutungen verblassen.

Manchmal hatte sie sich mit ihrem Mann über den Tod unterhalten. Beide wussten, dass seine Tage gezählt waren. Sie suchte nach Trost und wollte mit ihm in Verbindung bleiben.

»Schicke mir ein Zeichen von dir.«

Darauf ließ er sich nicht ein. »In der Ewigkeit haben unsere Vorstellungen keine Bedeutung.«

Im alten Teil des Gottesackers liegen die Verstorbenen gleich neben gleich unter einem schlichten Stein in der Wiese eingebettet. Nur ihr Name, der Geburts- und Todestag, der Geburtsort und ein Bibelspruch geben über sie Auskunft.

Bei Gott sind alle Menschen gleich. In vielen Ländern dieser Erde waren sie geboren worden. Gleichwie in einer aufgeschlagenen Bibel können die Besucher von Grabstein zu Grabstein gehen und lesen.

Im Karree stellen sich nun die Menschen um ein quadratisches Gräberfeld. Mit dem Posaunenchor wird gesungen:

»Frühmorgens, da die Sonn aufgeht,

mein Heiland Christus aufersteht ...«

Die Osterliturgie nimmt jedes Jahr ihren gleichen Lauf.

Der Himmel ist verhangen. Es scheint, als würde heute die

Sonne nicht aufgehen.

»Herr, wir gedenken vor dir namentlich der in unserer Gemeinde seit Ostern vorigen Jahres entschlafenen Schwestern und Brüder ...«, spricht der Pfarrer, und eine lange Namensliste folgt.

Bei »S« hält Eva die Luft an. Martins Name wird genannt. Ein ganzes geliebtes Leben – und nur ein Name.

Dann verlaufen sich die Leute, und die Sonne ist auch diesmal aufgegangen.

Eva geht zu Martins Grab, beugt sich hinunter und streicht über den neuen Stein. Er ist kalt.

Stark wie der Tod ist die Liebe

Hohelied 8,6

Für Martin hat sie als Inschrift ein Liebeslied herausgesucht. Sie haben es oft zusammen gesungen.

»Tröste mich«, bittet sie ihn. »Nur dieses eine Mal tröste mich!«

Langsam geht sie nach Hause. Eine lange Nacht wartet auf sie. Sie wälzt sich von einer Seite auf die andere. Dann schläft sie ein. Im Schlaf weiß Eva, dass sie träumt:

Sie sind beide jung. Sie vielleicht 15 und er 22 Jahre alt. Sie laufen leicht, fast schwebend, durch das Boddenried. Eva wundert sich, dass sie durch das Ried laufen können. Die Halme sind doch hart und hoch gewachsen und stehen dicht im Wasser. Da kann man nicht einfach durchgehen. Martin sieht wieder so schön aus und seine Augen strahlen wie damals. Eva ist glücklich.

Am Morgen, als sie aufwacht, hält das Glücksgefühl an. Sie ist wunderbar erholt und weiß: Martin hat sie getröstet.

Inhalt

Dank

Ich danke meinem Schwager Helmut Schiewe für seine Unterstützung bei der Entstehung dieses Buches. Er hat mir vor allem seine Kenntnisse über das Wirken der Herrnhuter Brüdergemeine in den ehemaligen Ostgebieten zur Verfügung gestellt. Meine Freundin Gerburg Carstensen mit ihren reichen Geschichtskenntnissen stand mir unermüdlich zur Seite. Die Lektorinnen Andrea Hahn und Hanna Becker haben dafür gesorgt, dass aus vielen beschriebenen Seiten ein Buch wurde. Frau Elisabeth Maschler korrigierte mit großer Geduld das Manuskript. Mein kleiner Freund Jannis Vollprecht hat mir sein Bild von dem Königsfelder Kirchsaal geschenkt, und mein großer Freund Dr. Dieter Engel das Bild bearbeitet und das Buch gestaltet.